（增訂版）

金庸小說 裏的

中國文學

潘步釗

著

——— 目錄

增訂版序

前言

上卷 金庸小説裏的中國文學

002　　第一章 ── 詩歌

031　　第二章 ── 詞

055　　第三章 ── 元曲

070　　第四章 ── 説理散文

085　　第五章 ── 史傳散文

098　　第六章 ── 小説與戲曲

111　　第七章 ── 賦

121　　第八章 ── 回目 對聯 謎語

133　　第九章 ── 武功 兵器 神駒 靈猴 畫眉 丫環

下卷 中國文學裏的金庸小説

154　　第一章 ── 中國文學引用

166　　第二章 ── 民族形式

178　　第三章 ── 人物形象

203　　第四章 ── 西方文學影響

結語

附錄 由紅拂到黃蓉：金庸筆下的女性慧眼

後記

增訂版序

《金庸小說裏的中國文學》出版後，對金庸武俠小說的看法，感到仍然言有未盡，本希望將來有機會再積字成文，出版與讀者分享。正在思量籌想，出版社就通知我，初版已經售罄要再版，希望我可作些增訂。本書得到喜愛和鼓勵，我要感謝金庸，更要感謝支持的讀者！

再版除勘訂了初版時一些不小心的校誤，編輯也建議我可新加一些文字，豐富增訂版的內容。金庸小說，我最喜歡《射鵰英雄傳》和《笑傲江湖》。令狐沖的自由隱逸，率性疏狂，少年時代特別喜歡，情感上非常嚮往投入，深信貼近自己個性；但年紀漸長，對《射鵰英雄傳》展現的儒家氣魄風神，喜歡之外，多了幾分傾倒拜服，甚至影響日常生活的價值觀。雖然女讀者們未必認同，但郭靖與黃蓉的愛情故事，令我讀得最代入心折，而且非常能夠展現中國文學傳統，於是我加了一篇附錄〈由紅拂到黃蓉：金庸筆下的女性慧眼〉。

遍讀金庸武俠小説，郭靖和黃蓉，是我最喜歡的金庸小説情侶，而且他們愛得合情合理。我常跟學生説，人生在世，做楊過容易，做郭靖就很困難，做郭靖的妻子更困難。記得當年電視劇主題曲的歌詞，「人海之中，找到了你，一切變了有情義……」，寫得簡單而深刻。人海中，相遇相知，相愛相伴，郭靖與黃蓉執手一生的故事，我實在喜歡，於是借再版的機會，就多説幾句。

前言

金庸的武俠小說風行海內外,最初在報紙上連載,其後由偉青書店作單行本出版。二十世紀七十年代,金庸開始著手修訂全部作品,歷十年完成。在香港,由明河社出版,一般稱為「修訂版」。本書寫作,所據的主要是這版本。一九九九年開始,金庸再一次修訂全部作品,是為「新修版」。

本書分上下兩卷。上卷共分九章,前八章就中國古典文學的不同體裁,引錄金庸武俠小說中對該類文體的引用,指出出處,也會分析其中運用的精妙。為了較容易理解,也希望能令讀者多認識中國文學,因此在每一章節的前部分,會簡介該文體在中國文學史上的發展和特點。第九章則就中國文學的某些意象或情境處理,分析金庸引用時的方法和特點,讓讀者明白金庸小說除了中國文學作品外,同時飽含許多中國文學常用的意象和處理。下卷則取不同進路,以綜論形式,析論金庸小說作為中國文學的一種,固然如上卷所敘,展現不同的中國古典文學作品,而更重

要的是，金庸作為武俠小說名家，如何上承中國人文傳統和民族形式，在文學、文化和歷史多方面和多層次的浸淫，結合西方文學與現代藝術技巧，融會貫通，寫出優秀無比，也是中國文學史上獨有的新派武俠小說。

本書寫作動機是希望幫助一般讀者欣賞金庸武俠小說，特別是金庸作品中的中國文學成分，同時倒過來，掌握金庸小說在中國文學的地位，甚至是作為二十世紀五十年代開始出現的出色而具中國傳統形式的小說。這些，既有助認識金庸小說，也有助認識中國文學。讀者對象只是普羅讀者，因此不採用學術論文形式和要求，行文過程，力求語言淺白，除了有需要的引用，都不另作註釋。雖有引用其他論者的說法，但主要仍是借金庸自己的說話、小說中的故事情節和文學處理來印證。因為我相信：通過金庸的說話和文字，認識金庸的小說和金庸小說裏的中國文學，既合理，也合情。

上 卷

金庸小説裏的中國文學

第一章ㅤㅤㅤㅤ詩 歌

詩歌，是中國文學最重要的體裁，所以中國被稱為詩之國度；唐詩，則是中國古典文學最具代表性的作品，也達到中國古典詩歌藝術的最高峰，展現開宏豐富、立體多元的氣象風神和文化景況。用中文寫成的詩歌，除了在新文學運動之後出現的白話詩外，在古典文學中主要分「近體詩」和「古體詩」兩種。「近體詩」是到了唐代才出現，有格律的要求，所謂「近」，是相對唐代人來說。唐代之前，詩人寫的詩，沒有嚴格的格律要求，是古體詩。唐代之後，中國的詩人就可以選擇其中一種來寫，為了方便闡述，本章不按時代先後分，前部分先談「唐代的詩」，不分體裁，其他唐代以外的詩歌在後部分再談。

無論是哪種體裁，中國詩歌的確是以唐朝為巔峰，魯迅說：「我以為一切好詩，到唐已被做完。」（〈致楊霽雲〉）說法雖然有點誇張，但唐代詩歌成就獨步中國上下數千年，絕對無大異議。這不純粹關乎文學技巧手法的高下，而是中國古典詩歌，發展至唐朝，無論是體制格律、題材內容、技巧手法，以至優秀詩人數目和作品風格，全都進入成熟豐富、多元多采的時候，而且深深地滲入了整個民

族的生活和文化之中。所以袁行霈在《唐詩風神及其他》一書中說：「在唐朝，詩歌的各種體裁已經齊備，它們所特有的表現力已發揮到極致，各種風格也都出現了，而且詩的作者和讀者已相當廣泛，詩和日常生活結合得相當緊密。」中國的舊體詩，在唐代大體已經完成了體制的發展，唐以後，在寫法和意蘊方面，即使仍隨不同時代而有所側重，像宋詩的講理趣和散文化，但在體例格律方面，除了宋元之後詞曲的出現，並無甚麼改變。

金庸武俠小說中，引用唐詩的地方很常見。最直接，也最容易令人馬上聯想到的，自是寫於一九六五年的《俠客行》。這部作品的書名，就直接取自唐代詩人李白同名的五言古風作品，而且在小說開頭，引錄了全詩：

> 趙客縵胡纓，吳鉤霜雪明。銀鞍照白馬，颯沓如流星。
> 十步殺一人，千里不留行。事了拂衣去，深藏身與名。
> 閒過信陵飲，脫劍膝前橫。將炙啖朱亥，持觴勸侯嬴。
> 三杯吐然諾，五嶽倒為輕。眼花耳熱後，意氣素霓生。
> 救趙揮金鎚，邯鄲先震驚。千秋二壯士，烜赫大梁城。
> 縱死俠骨香，不慚世上英。誰能書閣下，白首太玄經？

李白是中國詩歌史上頂尖的人物，有「詩仙」的稱號。根

據清代王琦註的三十六卷《李太白文集》，這首詩收於卷四的最後一首。在李白作品中，這首詩並不屬於最受重視的一批，在蘅塘退士選輯的《唐詩三百首》和二十世紀八十年代，上海辭書出版社編選的《唐詩鑑賞辭典》，選錄賞析了近一百一十首李白各體詩歌，均沒有選錄此作品。雖然如此，此詩在李白詩中，仍然有獨特的地位。

《俠客行》一詩，是李白首次入長安期間所作。「俠客行」，是樂府《雜曲歌辭》舊題。中國文學中的舊體詩歌，主要分近體詩和古體詩兩類。在近體詩形成以前，除楚辭體外的各種詩歌，都稱為古詩或古風。形式格律和字數用韻等方面，都比近體詩自由。至於近體詩，則是指在唐代形成的格律詩體，說是「近體」，是與「古體」相對而言，主要分律詩和絕句兩種，亦有十句以上的排律，這首《俠客行》則屬於古風。

在金庸武俠小說中，這首詩除了作為這故事的書名，也是書中人物爭奪的武功秘籍的載體。整體而言，此詩與書中內容的扣連不多，末尾在俠客島上，群雄糾纏在二十四個石室中的武功記載：

> 當下各人絡繹走進石室，只見東面是塊打磨光滑的大石

壁，石壁旁點燃著八根大火把，照耀明亮。壁上刻得有
圖有字。石室中已有十多人，有的注目凝思，有的打
坐練功，有的閉著雙目喃喃自語，更有三四人在大聲爭
辯。（第二十回）

二十四句詩是絕世武功的載體，作者在書中亦引用了不少
箋疏文字，但詩意與故事關係不大。相反，主角石破天因
為不認識字，只看人像圖畫，反而勘破其中的武學要旨，
練成神功。破除知障，直指本心，這裏作者或者另有深
意，正如陳墨所説：

> 小説的結尾再一次大大地出乎人們的意料之外，即這一
> 套《俠客行》的絕世武學，明明來自李白的古風長詩，
> 並且配以圖畫與註解，以至大家紛爭迭起而無法統一，
> 這裏當是有文化的人幹的勾當，但結果卻被小叫化這位
> 沒文化、一個字也不識的少年所破解。而其奧秘，則正
> 在於他不識字⋯⋯實是一個極深刻的有關人類真理與
> 知識追求的哲學寓言：最簡單、最明白的東西常常是最
> 本質的東西。[1]

1.　　陳墨：《陳墨評説金庸》（香港：三聯書店〔香港〕有限公司，2016 年），頁
　　　402、405—406。

不少人讀《俠客行》，都認為有很強的「寓言」味道。金庸寫此書別有幽懷，其實並不難看出。他在〈「明月」十年共此時〉(《明報月刊》第一百二十一期，一九七六年一月)重述石清的説話，也很清楚表達了：

> 如有人要扼殺我們的子女，或許他的確該殺，或許他當真犯了彌天大罪，是非善惡，不是我們所能肯定判斷的，但我們非將他藏起來不可。我在「俠客行」小説中寫過一段話：
> 「石清心中突然湧起感激之情：『這孩兒雖然不肖，胡作非為，其實我愛他勝過自己的性命。若有人要傷害於他，我寧可性命不在也要護他周全。今日咱們父子團聚，老天菩薩，待我石清實是恩重。』雙膝一曲，也磕下頭去。」
> 我們辦這個刊物，無數作者和讀者支持這個刊物，大家心裏，都有這樣一份心情。

當時內地的「文化大革命」火熱通紅，金庸在書中寫了一個不肖之極的石中玉，別有懷抱，非常明顯。他在一九七七年寫的《俠客行》〈後記〉裏，説得更清楚：「一九七五年冬天，在『明報月刊』十周年的紀念稿『明月十年共此時』中，我曾引過石清在廟中向佛像禱祝的一

段話。此番重校舊稿，眼淚又滴濕了這段文字。」因此《俠客行》在金庸小說中，是一部很特別的小說，不能被忽略，像倪匡說它在金庸小說排名第十，就未必完全理解作者心意和安排了，雖然在小說的〈後記〉，金庸也沒有說到引用這首詩的寓意，只是當中隱約透露表達的，並不難領會。除了這首唐詩，《俠客行》全書，寫到詩詞文學的地方，幾乎絕無僅有，只引用了宋代姚寬所記的「自出洞來無敵手，得饒人處且饒人」兩句原是說下棋的詩句。

另一部作品，原名《素心劍》的《連城訣》，唐詩也是重要的載體，在第一回開始，就寫到唐詩劍法的劍招，都是由唐詩化出來。書中人人爭奪的絕頂武功「連城劍法」，就是「唐詩劍法」，藏住絕頂劍法的劍譜，就是一本唐詩選籍，表面看起來和普通的唐詩選籍沒區別，實際上劍譜中藏著數字，浸水後就會顯示出來，通過這些數字，可以從唐詩選籍中組合文字，便可找到寶藏，而「連城訣」就是指這些數字。這雖是書中至關重要的情節之一，但和唐詩其實沒有甚麼緊密和必然的關係，改成「宋詞」或「元曲」，也無不可。勉強將唐詩在中國文學價值比擬連城之意，說得通，但在文學聯想未見有很大藝術效果。

所以說《俠客行》和《連城訣》的唐詩，作者或者另有運

用的目的，而且與書名和題旨扣連，但卻不是唐詩作為中國文學，在金庸武俠小說中最重要詩歌類別作品的展現和介入。

如果以唐代的詩歌為標準，除了這首《俠客行》之外，金庸小說中實在出現過不少唐人詩句，不過像《俠客行》般整首引用的並不多，摘句而用，則頗有一些。例如李白的詩歌，在其他作品中也常有提到，其中比較重要的是《神鵰俠侶》結尾以李白的《三五七言》收束，「相思相見知何日，此時此夜難為情」，確是以「情」為旨的《神鵰俠侶》的點題詩句。《天龍八部》第五十回，段譽吟誦李白的《戰城南》，當中兩句「乃知兵者是凶器，聖人不得已而用之」，引得蕭峰的感慨和稱讚；第十二回和第四十二回分別引「名花傾國兩相歡」和「一枝穠艷露凝香」，都是出自李白的《清平樂》；第三十八回結尾，段譽因失戀於王語嫣而傷心消沉，與虛竹痛飲，唸的「人生得意須盡歡，莫使金樽空對月」，也是李白《將進酒》的千古名句。

至於其他的唐詩作品，在金庸作品中一樣常可見到。以《天龍八部》為例，除了前段說的《戰城南》，第三十四回段譽想像王語嫣會隨慕容復離去而唸「天長地久有時盡，此恨綿綿無絕期」，是白居易名作《長恨歌》詩句。

第六回更有一段很特別的敘寫，朱丹臣和段譽討論王昌齡詩，像詩話中的詩論一樣，在金庸作品中，是比較特別的一段：

> 朱丹臣道：「適才我坐在岩石之後，誦讀王昌齡詩集，他那首五絕『仗劍行千里，微軀敢一言。曾為大梁客，不負信陵恩。』寥寥二十字之中，倜儻慷慨，真乃令人傾倒。」說著從懷中取出一卷書來，正是「王昌齡集」。段譽點頭道：「王昌齡以七絕見稱，五絕似非其長。這一首卻果是佳構。另一首『送郭司倉』，不也綢繆雅致麼？」隨即高吟道：「映門淮水綠，留騎主人心。明月隨良橡，春潮夜夜深。」朱丹臣一揖到地，說道：「多謝公子。」……便用王昌齡的詩句岔開了。他所引「曾為大梁客」云云，是說自當如侯嬴、朱亥一般，以死相報公子。段譽所引王昌齡這四句詩，卻是說為主人者對屬吏深情誠厚，以友道相待。兩人相視一笑，莫逆於心。

兩人以詩莫逆，後面再引魏徵的《述懷》來表達心意。魏徵是唐太宗身旁的名臣，在唐史上赫赫有名，但在文學史上詩名不大，這一首卻是他比較有名的作品。《天龍八部》引到唐詩的還有第七回，段正淳聽木婉清提起師父是「幽

谷客」，想起秦紅棉而想到杜甫的《佳人》；第十二回段
譽唸「千呼萬喚始出來，猶抱琵琶半遮面」，是白居易《琵
琶行》；第十六回寫到馬夫人誣害喬峰，就用汪劍通送給
喬峰的摺扇，扇面題有唐代張仲素《塞下曲》；第二十九
回的結尾處，「函谷八友」的李傀儡扮作唐玄宗與梅妃，
唱出「柳葉雙眉久不描，殘妝和淚污紅綃。長門自是無梳
洗，何必珍珠慰寂寥」的唐詩佳句。

此外，《射鵰英雄傳》三部曲引用唐詩的地方不少，除了
上面引過《神鵰俠侶》以李白的古風《三五七言》收結故
事，《射鵰英雄傳》的結尾也是一首唐詩：「兵火有餘燼，
貧村才數家。無人爭曉渡，殘月下寒沙。」這是唐代錢
珝《江行無題一百首》其中的第四十三首，寫的是戰火帶
來對百姓的傷害摧殘，之前第三十九回，則引了唐代詩人
韓偓《自沙縣抵龍溪，值泉州軍過後，村落皆空，因有一
絕》，也一樣是借人代言，為的是寫山河破碎，亦幫助塑
造郭靖心懷家國百姓的形象性格：

> 郭靖縱馬急馳數日，已離險地。緩緩南歸，天時日暖，
> 青草日長，沿途兵革之餘，城破戶殘，屍骨滿路，所見
> 所聞，盡是怵目驚心之事。一日在一座破亭中暫歇，見
> 壁上題著幾行字道：「唐人詩云：『水自潺湲日自斜，盡

無雞犬有鳴鴉。千村萬落如寒食，不見人煙盡見花。』我中原錦繡河山，竟成胡虜鏖戰之場。生民塗炭，猶甚於此詩所云矣。」郭靖瞧著這幾行字怔怔出神，悲從中來，不禁淚下。

至於《神鵰俠侶》和《倚天屠龍記》，也常有唐詩詩句出現。《神鵰俠侶》第二十一回，郭靖、楊過唸杜甫《潼關吏》，並借此道出金庸心中「為國為民，俠之大者」的精義，為文為武，道理也一樣，是金庸小說中重要的文學引用，很值得注意：

從山上望下去，見道旁有塊石碑，碑上刻著一行大字：「唐工部郎杜甫故里。」楊過道：「襄陽城真了不起，原來這位大詩人的故鄉便在此處。」
郭靖揚鞭吟道：「大城鐵不如，小城萬丈餘……連雲列戰格，飛鳥不能踰。胡來但自守，豈復憂西都？……艱難奮長戟，萬古用一夫。」
楊過聽他吟得慷慨激昂，跟著唸道：「胡來但自守，豈復憂西都？艱難奮長戟，萬古用一夫。郭伯伯，這幾句詩真好，是杜甫做的麼？」郭靖道：「是啊，前幾日你郭伯母和我談論襄陽城守，想到了杜甫這首詩。她寫了出來給我看。我很愛這詩，只是記心不好，讀了幾十

> 遍，也只記下這幾句。你想中國文士人人都會做詩，
> 但千古只推杜甫第一，自是因他憂國愛民之故。」楊過
> 道：「你說『為國為民，俠之大者』，那麼文武雖然不
> 同，道理卻是一般的。」郭靖聽他體會到了這一節，很
> 是歡喜，說道：「經書文章，我是一點也不懂，但想人
> 生在世，便是做個販夫走卒，只要有為國為民之心，那
> 就是真好漢、真豪傑了。」

金庸小說中人盡皆知的「為國為民，俠之大者」，在這裏
表達得很清楚，用的正是杜甫那份憂國愛民的胸懷，解讀
金庸作品思想，這一節很重要。

第二十八回中，寫到楊過和小龍女面臨死別的愛情，又引
了李商隱的佳句：

> 楊過怔怔的望著她臉，心中思潮起伏，過了一會，一枝
> 蠟燭爆了一點火花，點到盡頭，竟自熄了。他忽然想起
> 在桃花島小齋中見到的一副對聯：「春蠶到死絲方盡，
> 蠟炬成灰淚始乾。」那是兩句唐詩，黃藥師思念亡妻，
> 寫了掛在她平時刺繡讀書之處。楊過當時看了漫不在
> 意，此刻身歷是境。細細咀嚼此中情味，當真心為之
> 碎，突然眼前一黑，另外一枝蠟燭也自熄滅。心想：

「這兩枝蠟燭便像是我和龍兒，一枝點到了盡頭，另一
枝跟著也就滅了。」

在這裏的移用發展，相當配合情節情景，又是另一種精彩
高明的文學引用。

另外如《倚天屠龍記》，也常有引用唐詩，第一回何足道
琴聲集鳥，吟誦的是李白《扶風豪士歌》；第六回則是作者
敘述，引李白詩《草書歌行》「飄風驟雨驚颯颯」等幾句，
來形容張翠山所寫字的「龍飛鳳舞，筆力雄健」；第二十三
回在綠柳山莊張無忌等人初見趙敏，莊上有趙敏雜錄唐代
元稹的《說劍》：「白虹座上飛」，而此引用方法在金庸小
說中較少見；第三十四回引白居易《放言》五首其三「周
公恐懼流言日」。《書劍恩仇錄》第十二回，陳家洛和一眾
兄弟豪傑沿黃河西上，看見大水過後的瘡痍滿目，不禁也
吟起白居易《自蜀江至洞庭湖口有感而作》的詩句：「安得
禹復生，為唐水官伯，手提倚天劍，重來親指畫！」《鹿鼎
記》有歌女唱杜牧兩首揚州詩，韋小寶還在慕天顏口中，
聽到王播「飯後鐘」這有名的唐代詩人故事。《白馬嘯西風》
有王維詩《酌酒與裴迪》的「白首相知猶按劍」。《笑傲江
湖》中，祖千秋引唐詩與令狐沖論飲酒。總而言之，金庸
小說中引用唐代詩歌或詩人的故事，非常易見。

古體詩

除了唐詩，其他朝代的詩歌，也常可見在金庸的武俠小說作品中。

唐代之前，未有近體詩出現，中國的詩歌已經相當蓬勃，出現了許多優秀的作品，當中包括《詩經》、《楚辭》、「漢樂府」和《古詩十九首》等不同的作品。

先說《詩經》。

金庸小說中引用過不少《詩經》的句子，直接引用的例如《神鵰俠侶》，程英在楊過養傷時，不停寫著「既見君子，云胡不喜」的字條：

> ……提回來一看，不由得一怔。原來紙上寫的是「既見君子，云胡不喜」八個字。那是「詩經」中的兩句，當年黃蓉曾教他讀過，解說這兩句的意思是：「既然見到了這男子，怎麼我還會不快活？」楊過又擲出布線黏回一張，見紙上寫的仍是這八個字，只是頭上那個「既」字卻已給撕去了一半。楊過心中怦怦亂跳，接連擲線收線，黏回來十多張碎紙片，但見紙上顛來倒去寫的就只

這八個字。細想其中深意，不由得癡了。

……

辨出簫中吹的是「無射商」調子，卻是一曲「淇奧」，這首琴曲溫雅平和，楊過聽過幾遍，也並不喜愛。但聽她吹的翻來覆去總是頭上五句：「瞻彼淇奧，綠竹猗猗，有匪君子，如切如磋，如琢如磨。」或高或低，忽徐忽疾，始終是這五句的變化，卻頗具纏綿之意。楊過知道這五句也出自「詩經」，是讚美一個男子像切蹉過的象牙那麼雅致，像琢磨過的美玉那麼和潤。（第十五回）

這是《詩經》的「鄭風」，詩題叫《風雨》。原詩十二句，分三章，每章四句。原詩是：

風雨淒淒，雞鳴喈喈，既見君子。云胡不夷！
風雨瀟瀟，雞鳴膠膠。既見君子，云胡不瘳！
風雨如晦，雞鳴不已。既見君子，云胡不喜！

這首詩的形式是《詩經》典型的四言疊章，也就是每句詩四個字，每一章大致相同，只在個別詞語上變改了。這樣的寫法在《詩經》很常見，像清代方玉潤評《秦風・蒹葭》一詩說：「三章只一意，特換韻耳。其實首章已成絕

唱。古人作詩多一意化為三疊，所謂一唱三嘆，佳者多有
餘音。」這也是一首典型的情詩，內容很簡單直接，寫在
風雨交加、心情鬱悶的日子裏，見到情人的快樂。「鄭風」
是《詩經》十五國風之一，當中主要是情詩題材作品，所
以文學史上有「鄭衛之音」的說法。《神鵰俠侶》意在寫
情，這首詩用在這裏，很合適。至於程英用玉簫吹奏，
楊過不禁拍和的另一首《詩經》作品，金庸也交代了是
《淇奧》。

金庸經常引用《詩經》來描寫男女愛情，例如《雪山飛狐》
第十回，胡斐和苗若蘭初次相見，已經十分投緣，互唸
「漢樂府」詩歌的《善哉行》，到了故事的後段，兩人經
歷多番波折，最後在山洞互相傾心，金庸寫得情致綿綿，
柔情無限，當中就引《詩經‧鄭風‧女曰雞鳴》一詩，寫
夫妻兩情雙好的句子：

> 這時胡斐早已除下自己長袍，披在苗若蘭身上。月光下
> 四目交投，於身外之事，竟是全不縈懷。
> 兩人心中柔和，古人詠嘆深情蜜意的詩句，忽地一句句
> 似脫口而出。胡斐不自禁低聲說道：「宜言飲酒，與子
> 偕老。」苗若蘭仰起頭來，望著他的眼睛，輕輕的道：
> 「琴瑟在御，莫不靜好。」這是「詩經」中一對夫婦的

　　對答之詞，情意綿綿，溫馨無限。

《天龍八部》中對王語嫣萬縷癡情的段譽，除了上面所引的《長恨歌》，也吟出《詩經》的詩句：

> 　　烏老大一聲嘆息，突然身旁一人也是「唉」的一聲長嘆，悲涼之意，卻強得多了。眾人齊向嘆聲所發處望去，只見段譽雙手反背在後，仰天望月，長聲吟道：「月出皎兮，佼人僚兮；舒窈糾兮，勞心悄兮！」他吟的是「詩經」中「月出」之一章，意思說月光皎潔，美人娉婷，我心中愁思難舒，不由得憂心悄悄。四周大都是不學無術的武人，怎懂得他的詩云子曰？（第三十四回）

金庸小說經常引用《詩經》的情詩句子，除了上面所引，還有《碧血劍》第十七回，袁承志在皇宮誤進阿九（即長平公主）的寢宮，發現她畫了自己的畫像，又低聲吟嘆，吟唸的就是《鄭風·子衿》，詩句「青青子衿，悠悠我心」、「一日不見，如三月兮」，都是中國愛情詩的經典名句。即連《射鵰英雄傳》中無行好色的歐陽克，在第十二回也向黃蓉唸起《詩經》中「悠悠我心」的句子。

除了寫愛情，金庸引用《詩經》，有時會作其他用途，例如用作人名，如《天龍八部》中木婉清的名字，就取其「水木清華，婉兮清揚」的意思。水木清華，指園林的花木池水十分幽美。語出西晉謝琨《遊西池》：「蓮池鳴禽集，水木湛清華。」「婉兮清揚」則出自《詩經‧鄭風‧野有蔓草》：「有美一人，清揚婉兮。」意思是這樣貌美好的女子，眼目清麗明亮。《笑傲江湖》的風清揚，名字或許也取此意。

看金庸引用文學作品，要留意其作用。《射鵰英雄傳》有一段《詩經》的引用，金庸巧妙運用映襯對照的作用，不純為寫愛情，也側面寫了郭靖的魯直性格：

> 大理四大弟子齊向洪七公躬身下拜，跟著師父而去。
> 那書生經過黃蓉身邊，見她暈生雙頰、喜透眉間，笑吟道：「隰有萇楚，猗儺其枝！」黃蓉聽他取笑自己，也吟道：「雞棲於塒，日之夕矣。」那書生哈哈大笑，一揖而別。
> 郭靖聽得莫名其妙，問道：「蓉兒，這又是甚麼梵語麼？」黃蓉笑道：「不，這是詩經上的話。」郭靖聽說他們是對答詩文，也就不再追問。黃蓉笑吟吟的瞧著他，心想：「這位狀元公倒也聰明，猜到了我的心事。

他引的那兩句詩經，下面有『樂子之無知，樂子之無家，樂子之無室』三句，本是少女愛慕一個未婚男子的情歌，用在靖哥哥身上，倒也十分合適，說他這冒冒失失的傻小子，還沒成家娶妻，我很是歡喜。」想到此處，突然輕輕叫聲：「啊喲！」郭靖忙問：「怎麼？」黃蓉微笑道：「我引這兩句詩經，下面接著是『羊牛下來，羊牛下括』，說是時候不早，羊與牛下山坡回羊圈、牛欄去啦，本是罵狀元公為牲畜。但這可將一燈大師也一併罵進去啦！」（第三十九回）

引用這一段黃蓉和朱子柳的《詩經》對答，除了寫黃蓉的少女情懷，也襯托後文郭靖對「是非善惡」的大徹大悟，這是《射鵰英雄傳》一書的重要意旨，在文學上是有作用的。朱子柳和黃蓉的戲語，黃蓉的少女情懷，正好對照一心要存大節大義的郭靖。在這裏，郭靖與黃蓉各懷心事，黃蓉的《詩經》情話，意義和作用都不止寫情。陳墨說《射鵰英雄傳》為「草莽英雄著《春秋》」，我很同意。郭靖思想和情性、心志胸懷的成長與完成，是讀《射鵰英雄傳》一書的重要關節，不宜放過。至於黃蓉在第十二回遇到洪七公，做了一個「好逑湯」來哄引他教導郭靖武功，正是《詩經》三百篇的第一篇《關雎》的句子。另外，《倚天屠龍記》第一回，就用到《詩經 衛風·考槃》的句子

「考槃在陸，碩人之寬，獨寐寤言，永矢勿諼」。來寫郭襄與「崑崙三聖」何足道的相遇：

《詩經》之外，金庸的作品中，也會經常引用一些的古體詩，是表現人物情感和故事情節的重要憑藉，有時甚至同一詩歌，會在不同的作品出現，例如李岩的《七言歌》和陳家洛的香香公主悼詞，都分別在不同的作品出現過。

先說陳家洛的悼詞，《書劍恩仇錄》的結尾，有一首相當感人的悼詞：

> 突然一陣微風過去，香氣更濃。眾人感嘆了一會，又搬土把墳堆好，只見一隻玉色大蝴蝶在墳上翩躚飛舞，久久不去。
> 陳家洛對那老回人道：「我寫幾個字，請你僱高手石匠刻一塊碑，立在這裏。」……陳家洛提筆蘸墨，先寫了「香塚」兩個大字，略一沉吟，又寫了一首銘文：
> 「浩浩愁，茫茫劫，短歌終，明月缺。鬱鬱佳城，中有碧血。碧亦有時盡，血亦有時滅，一縷香魂無斷絕！是耶非耶？化為蝴蝶。」（第二十回）

這首陳家洛為香香公主而寫的悼詞，在《飛狐外傳》第

十九回再有出現。其實這首悼詞並非金庸所原作，而是在
北京「香冢碑」上的文字。根據互聯網上的記載：

> 香冢原位於現北京陶然亭公園內，在公園中錦秋墩南
> 坡上。冢前原有一石碑，上刻「香冢」二字，被稱為
> 「香冢碑」。香冢附近原還有一鸚鵡冢及碑。迄今「香
> 冢」及原碑已蕩然無存，據說毀於文革十年浩劫，北京
> 圖書館藏有香冢、鸚鵡冢碑拓片。香冢碑銘文如下，
> 碑陽銘文：「香冢」，兩字為篆書。碑陰銘文：「浩浩
> 愁，茫茫劫。短歌終，明月缺。鬱鬱佳城，中有碧血。
> 碧亦有時盡，血亦有時滅，一縷煙痕無斷絕。是耶非
> 耶？化為胡蝶。」為隸書。後有「題香冢碑陰」五個
> 行書小字。其後有行書七絕一首，詩云：「飄零風雨可
> 憐生，香夢迷離綠滿汀，落盡夭桃與穠李，不堪重讀瘞
> 花銘。」另外，據張中行先生《香冢》（載於《世界文
> 化》一九九四年八月二十日），「香冢」上還有四十一
> 個字的跋文：「金台始隗，登庸競技。十年齟齬，心有
> 餘灰。葬筆埋文，托之靈禽，寄之芳草。幽憂侘傺，正
> 不必起重泉而問之。」不過拓片中已不見。由於碑陰偈
> 文中有「化作胡蝶」，該冢也被叫作「蝴蝶冢」。香冢
> 及原碑據說毀於文革浩劫，文革後，重修陶然亭公園時
> 曾經對香冢與鸚鵡冢作過發掘，均空無一物，香冢的米

歷也成為了謎。

香香公主是金庸筆下虛構的小說人物，香妃，則史有其人，是乾隆的其中一位妃子（容妃），金庸藝術加工騰挪。這首悼詞不但在作品中出現得自然，既然後世不知作者，小說家言，說是陳家洛所寫，再加上配合小說陳家洛與香香公主的傷心愛情故事，更加生起綿綿哀思，處理巧妙，相當感動讀者。相比起來，同是借用於小說人物情思愛意，這作品就比《書劍恩仇錄》第十九回，利用乾隆《御製詩》四集卷十的《上元燈詞》其中一首，說是為香香公主寫的「萬里馳來卓爾齊，恰逢嘉夜宴樓西。面詢牧盛人安否，那更傳言藉譯鞮」，來得更自然和動人了，至少其中少了許多強湊的痕跡。

至於李岩的《七言歌》，則是在書中直接引用，連作者帶作品一起道出。它首先在《碧血劍》第七回〈破陣緣秘笈，藏珍有遺圖〉，由黃真唱出。原詩是：

年來蝗旱苦頻仍，嚼嚙禾苗歲不登，
米價升騰增數倍，黎民處處不聊生。
草根木葉權充腹，兒女呱呱相向哭；
釜甑塵飛爨絕煙，數日難求一餐粥。

官府徵糧縱虎差，豪家索債如狼豺。
可憐殘喘存呼吸，魂魄先歸泉壤埋。
骷髏遍地積如山，業重難過饑餓關。
能不教人數行淚，淚灑還成點血斑？
奉勸富家同賑濟，太倉一粒恩無既。
枯骨重教得再生，好生一念感天地。
天地無私佑善人，善人德厚福長臻。
助貧救生功勳大，德厚流光裕子孫。

金庸似乎十分喜歡這首《勸賑歌》，更敬重李岩其人。在
《碧血劍》中，先由黃真和袁承志說出對李岩的敬仰：

他嗓子雖然不佳，但歌詞感人，聞者盡皆動容。
袁承志道：「師哥，你這首歌兒作得很好啊。」黃真道：
「我哪有這麼大的才學？這是闖王手下大將李岩李公子
作的歌兒。」袁承志點頭道：「原來又是李公子的大作。
他念念不忘黎民疾苦，那才是真英雄、大豪傑。」（第
七回）

在《碧血劍》中，李岩在小說的後部分有出現，是小說的
人物角色，雖然「戲份」不多，不過卻起著點題和凸顯全
書主旨的重要作用，讀者不宜忽視。《碧血劍》的李岩，

本是李自成手下大將，文武雙全，為李自成建立民望和百姓信任出了很多力。可是書的最後，卻落得被李自成圍捕誣陷，最後自殺而死。《碧血劍》寫明末的史事，金庸曾說此書的真正主角是袁崇煥和金蛇郎君，可以説全書故事可分廟堂和江湖兩條線。朝廷上，奸黨庸碌貪讒，忠臣義士永遠無法逃得過含冤屈陷的遭遇。沒有出場的袁崇煥和在全書最後自殺明志的李岩，分別代表著政治和朝廷的陰私邪惡。這是金庸寫《碧血劍》重要的意旨，因此主角袁承志最後遠走他國，因為這是賢人志士無可選擇的道路。《碧血劍》第十九回，袁承志和李岩目睹李自成軍隊入京後，一樣胡作非為，姦淫擄掠，毒害百姓。兩人在長街上同行，正為李闖軍隊的惡行傷嘆，但李岩仍不忘盡忠報主。這一段寫得很有味道，不嫌拖沓，引錄於下：

> 兩人默默無言的攜手同行，走了數百步。
> 李岩道：「兄弟，大王雖已有疑我之意，但為臣盡忠，為友盡義。我終不能眼見大王大業敗壞，閉口不言。你卻不用在朝中受氣了。」
> 袁承志道：「正是。兄弟是做不來官的。大哥當日曾說，大功告成之後，你我隱居山林，飲酒長談為樂。何不就此辭官告退，也免得成了旁人眼中之釘？」李岩道：「大王眼前尚有許多大事要辦，總須平了江南，一

統天下之後，我才能歸隱。大王昔年待我甚厚，眼見他
前途危難重重，正是我盡心竭力、以死相報之時。小人
流言，我也不放在心上。」

兩人又攜手走了一陣，只見西北角上火光沖天而起，料
是闖軍又在焚燒民居。李岩與袁承志這幾天來見得多
了，相對搖頭嘆息。暮靄蒼茫之中，忽聽得前面小巷中
有人咿咿呀呀的拉著胡琴，一個蒼老嘶啞的聲音唱了起
來，聽他唱道：「無官方是一身輕，伴君伴虎自古云。
歸家便是三生幸，鳥盡弓藏走狗烹……」

只見巷子中走出一個年老盲者，緩步而行，自拉
自唱……

李岩聽到這裏，大有感觸，尋思：「明朝開國功臣，徐
達、劉基等人盡為太祖害死。這瞎子也知已經改朝換
代，否則怎敢唱這曲子？」瞧這盲人衣衫襤褸，是個賣
唱的，但當此人人難以自保之際，哪一個有心緒來出錢
聽曲？只聽他接著唱道：

「君王下旨拿功臣，劍擁兵圍，繩纏索綁，肉顫心驚。
恨不能，得便處投河跳井；悔不及，起初時詐死埋名。
今日的一縷英魂，昨日的萬里長城。……」

這首歌曲是李岩、袁崇煥等忠烈英魂的悲歌，也是千古以
來忠臣名將的祭曲，金庸放在此，是澆自己胸懷塊壘，所

以歌聲伴隨著悽怨蒼涼、黯然遠逝的畫面：

> 他一面唱，一面漫步走過李岩與袁承志身邊，轉入了另
> 一條小巷之中，歌聲漸漸遠去，說不盡的悽惶蒼涼。

這一場調子悽涼悲哀，英雄人物困頓傷懷，在悲傷悽涼
的胡琴聲中，似是身影漸遠漸隱，文學味道濃厚。李岩
在《碧血劍》出場不多，卻是十分重要的人物，因此引用
他的詩歌，既是寫人寫情節，也是深刻表達全書意旨的
方法。

到了《雪山飛狐》，又再由苗若蘭口中唸出這歌兒。聽到
的人一樣為之動容：

> 此時正當乾隆中葉，雖稱太平盛世，可是每年水災旱
> 災，老百姓日子也不好過。眾人聽他一字一句，唸得字
> 正腔圓，聲音中充滿了悽楚之情，想起在江湖上的所見
> 所聞，都不禁聳然動容。（第三章）

除了李岩這首詩外，《碧血劍》也有引用其他詩歌的地
方，例如開始時有成祖的題詩，後面也引用過建文帝的詩
作，連袁崇煥的作品也有。

除了這些作品，金庸其他小說都常引用古詩，例如《神鵰俠侶》除了上面提到的《詩經》作品外，第四回，丘處機向郭靖複述當年全真教和古墓派的創立原由，帶郭靖去看當年王重陽和林朝英以手指在上寫詩刻字的大石頭。這首詩題目是《題甘河遇仙宮》，全詩如下：

> 子房志亡秦，曾進橋下履。佐漢開鴻舉，屹然天一柱，
> 要伴赤松遊，功成拂衣去。
> 異人與異書，造物不輕付。重陽起全真，高視仍闊步，
> 矯矯英雄姿，乘時或割據。
> 妄跡復知非，收心活死墓。人傳入道初，二仙此相遇。
> 於今終南下，殿閣凌煙霧。
> 我經大患餘，一洗塵世慮，巾車徜西歸。擬借茅庵住。
> 明月清風前，曳杖甘河路。

金庸在書中只引到「殿閣凌煙霧」一句，將前八句改說是林朝英所作，後面則是黃藥師所作。其實這首詩真正的作者是元代商挺，他生於嘉定二年（一二○九），詩意本是歌頌王重陽，其「收心活死墓」一句，或者由此衍生「活死人墓」和古墓派的情節，亦是相當重要的。在第二十回，楊過將嵇康《兄秀才公穆入軍贈詩十九首其十》的詩句融入劍法，與公孫止邊吟邊戰，效果甚好。至於向裘千

尺表明非小龍女不娶，楊過唸的「縈縈白兔，東走西顧。衣不如新，人不如故」幾句，雖是四言詩，卻不是《詩經》作品，而是出自漢朝樂府的《古艷歌》。

《射鵰英雄傳》開首和結尾都有引用詩歌，除了上文說過在結尾引用唐代錢珝《江行無題一百首》之外，其實第一回說書人張十五開腔，唱的就是南宋詩人戴復古的《淮村兵後》，與郭嘯天和楊鐵心談到當前國事，就不禁吟嘆林升的《題臨安邸》「山外青山樓外樓，西湖歌舞幾時休？南風薰得遊人醉，直把杭州作汴州」；而《倚天屠龍記》除了引用唐詩和《詩經》，回目運用柏梁體詩句，也是非常有特色的佈置。

不過，在金庸小說中，值得注意作者引入古詩的，還有一部《鹿鼎記》，此書主角韋小寶雖是胸無點墨，但書中引用詩歌地方甚多，第一回已是三個歷史上真有其人的晚明大才人 —— 黃宗羲、顧炎武和呂留良見面，面對山河擺盪，借詩抒憤。而且其中說之甚詳，作者敷衍敘述，大揮筆墨。首先是第三十二回中，用了不小篇幅來展現的《圓圓曲》。陳圓圓是金庸筆下刻意寫的美人，在《碧血劍》第十九回，就寫到李自成的部下看到她，變得瘋狂和失態。到了《鹿鼎記》第三十二回，她的出場是在韋小寶

接到「阿珂有難」的字條後，在小小庵堂之內與她相見。
金庸也是借韋小寶的驚艷反應來說陳圓圓之美：「目瞪口
呆，手足無措」、「跌坐入椅，手中茶水濺出。」不過這
一回主要仍不是為了寫陳圓圓，而是要借她的歌聲唱出吳
偉業的《圓圓曲》。

吳偉業是清初重要的詩人，痛心於明亡，著力以文學作品
表達和評論明代之亡。《圓圓曲》是七言歌行體，借吳三
桂和陳圓圓的故事，正是他痛陳明亡和對吳三桂叛明的譴
責。他的其他詩歌作品如《思陵長公主輓詩》，也是敘寫
長平公主（即《鹿鼎記》中的九難），同時更敘述了甲申
之變整個歷史環境和經過。

《鹿鼎記》中，另一節對古詩的重要引用或敘入，是第
三十九和四十回，有關查慎行因詩招來誣陷的一段，金庸
在這兩回篇幅中用了很多筆墨。第三十九回，先借歌妓唱
了一段查慎行的詩歌《清江浦·詠揚州田家女》，然後在
第四十回，吳之榮就希望借在韋小寶面前「揭發」查慎行
和顧炎武等人想謀反的詩作，以求富貴升官。喜歡批評金
庸的人認為他的安排，是要為祖先伸冤貼光，但無論如
何，這一情節，對於表現吳之榮的卑劣和韋小寶的不學，
文學表達上，大有作用。

《書劍恩仇錄》比較特別，除了引過乾隆寫下的詩歌，也有金庸代書中人物，包括余魚同和陳家洛兩人寫作的詩。第五回，余魚同在涼州積翠樓壁上題詩：「百戰江湖一笛橫，風雷俠烈死生輕。鴛鴦有耦春蠶苦，白馬鞍邊笑醨生。」下款寫「千古第一喪心病狂有情無義人題。」陳家洛是名門公子，在書中不獨常會吟詩，例如在第六回與周仲英和徐天宏對飲時，唱起李白的《俠古行》；第十二回，紅花會群雄過黃河，見到滿目瘡痍，吟起白居易《自蜀江至洞庭湖口有感而作》。回到老家，見到許多皇帝的詩作，到在西湖與乾隆面對面相遇（乾隆化名東方耳），不但兩人詩詞對答，更在第七回，即席題詩扇面相贈：「攜書彈劍走黃沙，瀚海天山處處家，大漠西風飛翠羽，江南八月看桂花。」余魚同和陳家洛這兩首作品應是金庸所作，這樣的作品，在金庸小說中並不算太多。至於金庸舊詩寫作的水平，在本書下卷續有論及，可以參看。

第二章＿＿＿＿＿詞

因為電視劇的普及和傳播之功，金庸武俠小說中最為人熟悉的詩詞，相信一定非《神鵰俠侶》中，李莫愁愛唸的《摸魚兒》莫屬。這首《摸魚兒》是金代著名詞人和詩論家元好問的作品，歷來很受中國文學論者所重視和欣賞，金庸在書中借用，成為重要的藝術設計。

未說《摸魚兒》，先談談中國文學中的詞。

詞，原稱曲子詞，又有長短句、詩餘等叫法。詞的出現，與音樂有密切關係，是一種配樂而歌唱的抒情詩體。詞的產生可追溯至隋唐時代，唐代以後，由西域音樂傳入中土，與漢族傳統民間音樂相結合，成為一種稱為「燕樂」的新音樂。「燕樂」興起，廣泛流傳，並開始由民間逐漸流行至文人階層，不少人依照這種新音樂配上歌詞，經過晚唐五代一批專業詞人，如溫庭筠、韋莊和李煜等的努力，出現大批優秀作品，逐漸固定了形式，成為文人喜愛的表情達意的文學類別。

到了兩宋，詩歌因為經過唐代二百多年的發展，染指太

多，漸漸走向說理化和散文化的宋詩路數，反而句式字數
參差長短的詞，卻進入了全盛時期，取詩歌而代之，成
為宋代的代表文學，這就是王國維所謂「一代有一代之
文學」。由於詞是依聲而作，作者都根據不同詞牌（例如
《摸魚兒》就是詞牌）的音樂和聲律規定來填寫，因此正
確來說，應稱為「填詞」。前人一向有所謂「詞為艷科」
的說法，認為這才是詞的正宗風格特色。中唐以來至晚唐
五代的詞作，都多以閨情、相思、離別、宴飲酬酢之類為
題材，風格亦尚婉約為正宗，所以又有「詩莊詞媚」的
說法。可是經過兩宋的發展，天才詞人輩出，柳永、周邦
彥、李清照、姜夔風格各異，又成就甚高。蘇軾、辛棄疾
更以豪放為詞，完全改變了這種填詞的固定風格路數。兩
宋之後，歷金元、明、清各朝，雖不復宋人風格之多變、
藝術性之高，但名家名作輩出，也留下不少優秀作品，像
清代的詞人詞作，以數量計，比宋朝還要多，而寫這首
《摸魚兒》的元好問，則正是金代的傑出詩人，再加上明
清以來，詞論大興，著作繁多，是中國文學理論和批評的
重要篇章，令詞在中國文學史上有著更重要的地位。

雖然在《神鵰俠侶》的〈後記〉中，金庸表明「『神鵰』
企圖通過楊過這個角色，抒寫世間禮法習俗對人心靈和行
為的拘束」。可是通讀《神鵰俠侶》，讀者都可以清楚地

感到全書旨在寫「情」。書中的不少人物角色，一生肩負的恩怨情仇、生死榮辱和悲喜愁苦，都與愛情扣連相關。楊過、小龍女、李莫愁、武三通、王重陽、林朝英、公孫止、裘千尺、尹志平、郭芙、郭襄。「情」之一字，是全書最中心的意旨，大家都逃不過，情花至毒，令人迷失常性，非常痛苦，更是非常顯露的比喻。可是也因為有「情」深，楊過、小龍女最後也能排除萬難，成為美眷，而且衝破了金庸所謂的「世間禮法習俗對人心靈和行為的拘束」。

明白這重要的意旨，就很容易明白金庸為甚麼要借用元好問這首《摸魚兒》，貫穿全書，小說的開頭，寫赤練仙子李莫愁，因失落愛情而要到陸家尋仇，卻處處寫她對陸展元的癡情思念。她的出場，就伴隨著這首今天廣為人知的詞作首三句：

> 過了良久，萬籟俱寂之中，忽聽得遠處飄來一陣輕柔的歌聲，相隔雖遠，但歌聲吐字清亮，清清楚楚聽得是：「問世間，情是何物，直教生死相許？」每唱一字，便近了許多，那人來得好快，第三句歌聲未歇，已來到門外。
>
> 三人愕然相顧，突然間砰嘭喀喇數聲響過，大門內門閂木撐齊斷，大門向兩旁飛開，　個美貌道姑微笑著緩

步進來，身穿杏黃色道袍，自是赤練仙子李莫愁到了。
（第一回）

「問世間，情是何物，直教生死相許？」李莫愁是金庸筆下的女魔頭，一生為情所苦所困，因而行事乖戾。來到陸府，舉手之間連殺數人，盡見冷血殘忍。偏偏金庸描寫這人物，刻意用情深愛癡，來作為她人物角色最重要的形象特點，出場的歌聲，是巧妙的襯托，人物性格和陰森怕人的氣氛，都產生很好的藝術效果。到了小說的後部分，她受情花毒折磨而死於烈火之中，金庸再一次用這首詞來描寫她情陷之深：

李莫愁撞了個空，一個筋斗，骨碌碌的便從山坡上滾下，直跌入烈火之中。眾人齊聲驚叫，從山坡上望下去，只見她霎時間衣衫著火，紅焰火舌，飛舞身周，但她站直了身子，竟是動也不動。眾人無不駭然……李莫愁挺立在熊熊大火之中，竟是絕不理會。瞬息之間，火焰已將她全身裹住。突然火中傳出一陣悽厲的歌聲：「問世間，情是何物，直教生死相許？天南地北……」唱到這裏，聲若遊絲，悄然而絕。（第三十二回）

由出場到焚身而死亡，金庸都用這首詞來襯托李莫愁，而

且在烈火中傳來這歌聲，感染力很強。在同一回又寫到楊過與小龍女遇到武敦儒和耶律燕：

> 楊過低聲吟道：「問世間，情是何物？」頓了一頓，道：「沒多久之前，武氏兄弟為了郭姑娘要死要活，可是一轉眼間，兩人便移情別向。有的人一生一世只鍾情於一人，但似公孫止、裘千尺這般，卻難說得很了。唉，問世間，情是何物？這一句話也真該問。」小龍女低頭沉思，默默無言。（第三十二回）

顯然，「情是何物」，是小說予讀者的重要思考，所以楊過說：「這一句也真該問。」說這首《摸魚兒》是貫穿全本《神鵰俠侶》的背景旋律，由開首、中段到結尾，都見到金庸的刻意經營和安排。詞的原作亦成為不少讀者注意的作品。這首《摸魚兒》原是金代詞人元好問的詞作，金庸在書中借用，貫穿了整部《神鵰俠侶》，成為重要的「景深」。先看元好問的原詞：

> 乙丑歲，赴試并州，道逢捕雁者云：「今旦獲一雁，殺之矣。其脫網者悲鳴不能去，竟自投於地而死。」予因買得之，葬之汾水之上，累石為識，號曰雁丘。時同行者多為賦詩，予亦有《雁丘詞》，舊所作無宮商，今

改定之。

恨人間，情是何物，直教生死相許。天南地北雙飛客，
老翅幾回寒暑。歡樂趣，離別苦，是中更有癡兒女。君
應有語，渺萬里層雲，千山暮景，隻影為誰去。

橫汾路，寂寞當年簫鼓，荒煙依舊平楚。招魂楚些何嗟
及，山鬼自啼風雨。天也妒，未信與，鶯兒燕子俱黃
土。千秋萬古，為留待騷人，狂歌痛飲，來訪雁丘處。

由此詞序言看，「乙丑」是金章宗泰和五年（一二〇五），
那時的作者才十六歲。嚴迪昌在《金元明清詞精選》中說
此詞所謂的「今改定之」，則已經是金國覆亡之後的事。
金朝覆亡，元好問已經四十五歲，三十年前曾遇到的舊
事，或者有另一番體會感受。所謂「少年心事老來悲」，
歷盡世間事，在人生歷練中窺破「情」之動人牽繫，或者
正是金庸選擇此詞，作為書中不絕如縷的意韻餘音的重要
原因。

元好問，字裕之，號遺山，太原秀容人。元好問秉性聰
慧，少有神童之譽，金宣宗興定五年（一二二一）進士，
於金亡後絕仕不出。元好問在中國文學史上享有大名，是
金元之際最出色的詩人之一，其作品歷來受到極高的文學
評價。例如趙翼稱讚他：「天稟本多豪健英傑之氣，又值

金源亡國，以宗社丘墟之感，發為慷慨悲歌，有不求而自工者。」（《甌北詩話》）清代陶玉禾更稱讚他可以媲比唐宋的一流詩人：「不特獨步兩朝，即在唐宋間亦足自樹一幟。」（《金詩選》）

不獨在文學史上有地位，他一生著述甚豐，晚年回故鄉編纂了《中州集》和《壬辰雜編》等書，更為後來修金史提供了許多材料，也保存了許多金代作家的作品，文獻和歷史的價值很高。元好問的詞，本來不以寫男女之情為主，反而頗多家國情懷作品，亦以此鳴世，所以游國恩等人的《中國文學史》第三冊介紹他，只引了他一些弔古傷時、家國之思的作品。縱觀元氏作品，明清以來，像翁方綱等人皆認為他習自蘇軾、黃庭堅的路數，並非《摸魚兒》一詞所流露的情思風格。

只是如要談元好問在中國文學史上的地位，最主要還是要說他的《論詩絕句》。自唐代杜甫的《戲為六絕句》之後，以詩論詩的文學評論方式，為不少文人所用，但最成功而有影響力，則數百年來，當首推元好問。在他之後，元、明、清代很多文人，特別是清代，出現不少論詩絕句，其中名家如王士禎和袁枚等，均有「戲仿元遺山論詩絕句」的作品，但後來論者的評價並不太高，可見元好問在中國

文學理論史上的地位和影響力。

說回這首《摸魚兒》，在不少詞集會採用《邁陂塘》的詞牌，而且原來還有另一首同調的《詠並蒂蓮》可以並讀，在文學史上同樣受到重視和好評，歷來評論元好問《雁丘詞》，都喜歡並錄。根據吳庠《遺山樂府編年小箋》所記，此詞是元好問於金宣宗貞祐四年（一二一六）所作，當時他二十八歲。這首詞也是借一段殉情的傳說開展，其意同樣為了歌頌堅貞的愛情。詞也附有小序，先錄內容：

> 泰和中，大名民家小兒女，有以私情不如意赴水者，官為蹤跡之，無見也。其後踏藕者得二屍水中，衣服仍可驗，其事乃白。是歲此陂荷花開，無不並蒂者。沁水梁國用，時為錄事判官，為李用章內翰言如此。此曲以樂府《雙蕖怨》命篇。「咀五色之靈芝，香生九竅；咽三危之瑞露，春動七情」，韓偓《香奩集》中自序語。
>
> 問蓮根、有絲多少，蓮心知為誰苦？雙花脈脈嬌相向，只是舊家兒女。
>
> 天已許。甚不教、白頭生死鴛鴦浦！夕陽無語。算謝客煙中，湘妃江上，未是斷腸處。
>
> 香奩夢，好在靈芝瑞露。人間俯仰今古。海枯石爛情緣在，幽恨不埋黃土。相思樹，流年度，無端又被西風

誤。蘭舟少住。怕載酒重來，紅衣半落，狼藉臥風雨。

《山中白雲詞》作者張炎，在他的詞學專著《詞源》中說：
「雙蓮、雁丘，妙在摹寫情態，立意高遠。」清代許昂霄
在他的《詞綜偶評》更直道元好問這兩首詞情思之深：「遺
山二闋，綿至之思，一往而深，讀之令人低迴欲絕，同時
諸公文章皆不及。前云天也妒，此云天已許，真所謂天若
有情天亦老矣。」至於像近代詞學大家夏承燾和張璋編選
的《金元明清詞選》就兩首都選錄，而且特別提到《雁丘
詞》：「可與其另一首同調之作《詠並蒂蓮》對參。是對堅
貞的愛情的頌歌。寓意深刻，所感甚大，不僅是工於用事
和煉句而已。」

至於這首《雁丘詞》，前面小序寫出了雁兒殉情的情節，
動物尚能如此情重，人何以堪！到了第三十八回〈生死茫
茫〉，這段情節明顯成為是雌鵰因見雄鵰已死，撞崖而死
的情節藍本根據：

　　她又一聲長哨，只見那雌鵰雙翅一振，高飛入雲，盤旋
　　數圈，悲聲哀啼，猛地裏從空中疾衝而下。黃蓉心道：
　　「不好！」大叫：「鵰兒！」只見那雌鵰一頭撞在山石之
　　上，腦袋碎裂，折翼而死。眾人都吃了一驚，奔過去看

時，原來那雄鵰早已氣絕多時。眾人見這雌鵰如此深情重義，無不慨嘆。（第三十八回）

這時作者再借陸無雙的內心獨白，將全首詞寫出：

陸無雙耳邊，忽地似乎響起了師父李莫愁細若遊絲的歌聲：「問世間，情是何物，直教生死相許？……」她幼時隨著李莫愁學藝，午夜夢迴，常聽到師父唱著這首曲子，當日未歷世情，不明曲中深意，此時眼見雄鵰斃命後雌鵰殉情，心想：「這頭雌鵰假若不死，此後萬里層雲，千山暮雪，叫牠孤單隻影，如何排遣？」觸動心懷，眼眶兒竟也紅了。（第三十八回）

陳岸峰指出：「因情而成魔，金庸從元好問的《摸魚兒‧雁丘詞》寫起，卻又突破其想像，此曲既可深情無限，而出自李莫愁之口卻又令人不寒而慄。愛的力量，可以是建設性的，亦可以是毀滅性的，這便是金庸對愛情的書寫深度的拓展。」[2] 引用這詞作，化為泛滿書中的氣氛情感，貫串全書，此詞的運用，確可說是金庸小說中，引用中國文學作品的大師式示範。書中雙鵰的描寫，妙合自然，又是

2.　　陳岸峰：《醍醐灌頂：金庸武俠小說中的思想世界》（香港：中華書局〔香港〕有限公司，2015 年），頁 142。

金庸引用這些古典文學作品時，由立意到意象的進一步騰挪和深化。

金庸既在《神鵰俠侶》寫愛情，描畫許多多情又深為情傷情苦的人物，因此用上婉約情深的詞體作品，也合理正常。第十五回楊過被程英所救，醒來看著程英的背影，就寫著：「他不敢出聲打擾那少女，只是安安穩穩的躺著，正似夢後樓台高鎖，酒醒簾幕低垂，實不知人間何世。」引用的是北宋初年晏幾道《臨江仙》的詞句，金庸很喜歡程英這角色，在第三十八回，她輕吟：「問花花不語，為誰落？為誰開？算春色三分，半隨流水，半入塵埃。」書中借黃蓉心緒來描寫程英：「（黃蓉）見她嬌臉凝脂，眉黛鬢青，宛然是十多年前的好女兒顏色，想像她這些年來香閨寂寞，自是相思難遣，不禁暗暗為她難過。」不過要留意此詞是元代梁曾的《木蘭花慢·西湖送春》，出現時序應晚於南宋末年的程英。金庸引用古人詩詞，間有時序顛倒不合，此處亦是一例。

或許是《神鵰俠侶》以寫「情」為主，因此詞這種含蓄抒情的中國傳統文學體裁，最適合來表達抒發，甚至是襯托描畫，所以金庸在此書用上許多詞作。第一回〈風月無情〉，即是全書故事的開始，則已經由另一首婉約詞

引入：

> 越女採蓮秋水畔，窄袖輕羅，暗露雙金釧。照影摘花花似面，芳心只共絲爭亂。
>
> 雞尺溪頭風浪晚，霧重煙輕，不見來時伴。隱隱歌聲歸棹遠，離愁引著江南岸。

這是北宋初年，中國文學史上鼎鼎大名的歐陽修所寫的《蝶戀花》作品，但金庸接著就寫了與詞意極不相配的情景畫面：

> 那道姑一聲長嘆，提起左手，瞧著染滿了鮮血的手掌，喃喃自語：「那又有甚麼好笑？小妮子只是瞎唱，渾不解詞中相思之苦、惆悵之意。」
>
> 在那道姑身後十餘丈處，一個青袍長鬚的老者也是一直悄立不動，只有當「風月無情人暗換，舊遊如夢空腸斷」那兩句傳到之時，發出一聲極輕極輕的嘆息。（第一回）

這道姑和老者是李莫愁和武三通。《神鵰俠侶》的故事，是以兩段苦戀，甚至是畸戀而展開的。金庸為《神鵰俠侶》故事拉開畫幕的畫面是一片江南美景好歌，如他自己在第一回所說：「歐陽修在江南為官日久，吳山越水，柔

情密意，盡皆融入長短句中。宋人不論達官貴人，或是里巷小民，無不以唱詞為樂，是以柳永新詞一出，有井水處皆歌，而江南春岸折柳，秋湖採蓮，隨伴的往往便是歐詞。」這有聲有景有情的畫面，接下來是武三通的瘋癲狂情和李莫愁的兇狠冷漠，鋪墊襯托的文學效果很強烈。

至於金庸的其他小說，也有用詞作開始，例如《倚天屠龍記》，跟《神鵰俠侶》一樣，也是在第一回以一首詞引出故事，用的是丘處機《無俗念・題玉虛宮梨花》。此詞原是丘處機詠物抒情之作，金庸移用這裏，說是為小龍女而寫，也見自然恰到。不過在金庸的武俠小說，出現描寫愛情的詩詞，更多時是作為男女愛情的重要牽合媒介，像《倚天屠龍記》張翠山和殷素素初遇，也是因油紙傘上一句唐代張志和的詞句「斜風細雨不須歸」的書法產生話題，掀開了之後的愛情故事。

在寫作《神鵰俠侶》之前，金庸在《射鵰英雄傳》更已經引用了一首非常感人的愛情詞作，成為小說中非常重要而巧妙的設置，這就是繡在周伯通和劉貴妃的訂情錦帕上的《四張機》。如果從小說的藝術作用看，這首詞甚至比《神鵰俠侶》中的《摸魚兒》更值得重視，因為它除了幫助塑造出小說中的人物角色形象，也影響和推動了故事情節的

發展。

我們先看小說中多次提到的這首詞。首先是《射鵰英雄傳》第二十九回〈黑沼隱女〉：

> 瑛姑回過頭來，見他滿頭大汗，狼狽之極，心中酸痛：「我那人對我只要有這傻小子十分之一的情意，唉，我這生也不算虛度了。」輕輕吟道：「四張機，鴛鴦織就欲雙飛。可憐未老頭先白，春波碧草，曉寒深處，相對浴紅衣。」
>
> 郭靖聽她唸了這首短詞，心中一凜，暗道：「這詞好熟，我聽見過的。」可是曾聽何人唸過，一時卻想不起來。

郭靖之所以覺得這詞好熟，是因為當日在桃花島，周伯通給毒蛇咬傷，神智迷糊，嘴裏便反來覆去的唸著這首詞。瑛姑，即劉貴妃，當年將這首定情詞繡在錦帕之上，一心送給周伯通。後來劉貴妃兒子被裘千仞重傷，段皇爺本來已答應醫治，就是因為在最後關頭，看到孩子身上用這塊錦帕所做的肚兜，才狠下心來不肯解救，因此亦種下瑛姑多年的仇恨和痛苦。金庸這樣寫：

> 「蓉兒，她唸的詞是誰作的？說些甚麼？」黃蓉搖頭道：
> 「我也是第一次聽到，不知是誰作的，嗯，『可憐未老頭
> 先白』，真是好詞！鴛鴦生來就白頭……」說到這裏，
> 目光不自禁的射向瑛姑的滿頭花白頭髮，心想：「果然
> 是『可憐未老頭先白』！」
> 郭靖心想：「蓉兒得她爹爹教導，甚麼都懂，若是出名
> 的歌詞，決無不知之理。那麼是誰吟過這詞呢？」

黃蓉見瑛姑滿頭白髮，不禁吟詠生情，完全合情合理，詞
的出現和人物形象糅合得自然生動。可是郭靖因為黃蓉
不懂，就猜想這不是「出名的歌詞」，卻並不對。當然這
是金庸小說家言，與文學作品真實流傳狀貌，不一定要
強合。

這首詞本是前人作品，原詞共有九章，也流傳著不同的版
本，擇其中一種與金庸所用吻合的於下：

> 一張機，織梭光景去如飛。蘭房夜永愁無寐。嘔嘔軋
> 軋，織成春恨，留著待郎歸。
> 兩張機，月明人靜漏聲稀。千絲萬縷相縈繫。織成一
> 段，迴紋錦字，將去寄呈伊。
> 二張機，中心有朵耍花兒，嬌紅嫩綠春明媚。若須早

折，一枝濃艷，莫待過芳菲。

四張機，鴛鴦織就欲雙飛。可憐未老頭先白。春波碧草，曉寒深處，相對浴紅衣。

五張機，芳心密與巧心期。合歡樹上枝連理，雙頭花下，兩同心處，一對化生兒。

六張機，雕花鋪錦半離披。蘭房別有留春計，爐添小篆，日長一線，相對繡工遲。

七張機，春蠶吐盡一生絲。莫教容易裁羅綺，無端剪破，仙鸞彩鳳，分作兩般衣。

八張機，纖纖玉手住無時。蜀江濯盡春波媚。香遺囊麝，花房繡被，歸去意遲遲。

九張機，一心長在百花枝。百花共作紅堆被，都將春色，藏頭裏面，不怕睡多時。

根據《宋詞鑑賞辭典》（北京燕山出版社）所敘：「《九張機》是詞調名稱，《樂府雅詞》列『轉踏類』。『轉踏』是用一些詩和詞組合起來的敘事歌曲。《九張機》的體制比『轉踏』簡單，是用同一詞調組成聯章。合為一篇完整作品，重在抒情。可謂『組詞』。」要留意的是，不同版本的記載，詞句內容亦會稍有不同。

這首詞縈結著一燈大師、周伯通和瑛姑三人一生的情愛糾

纏，也因為看到繡有這首詞的錦帕，段皇爺最後沒有為瑛姑的孩子療傷。從故事情節的結構和處理來說，這首詞比《神鵰俠侶》出現的《摸魚兒》更值得重視，因為它是故事情節的一部分，有結構上的作用，推動故事情節發展，無法隨意刪去。金庸的妙筆巧思，還在將這首詞不但貫穿了周伯通與瑛姑，也能前後呼應，在小說的後部分，滲進了郭靖與黃蓉的愛情糾結：

> 次日大軍西行，晚間安營後，魯有腳進帳道：「小人年前曾在江南得到一畫，想我這等粗野鄙夫，怎領會得畫中之意？官人軍中寂寞，正可慢慢鑑賞。」說著將一卷畫放在案上。郭靖打開一看，不由得呆了，只見紙上畫著一個簪花少女，坐在布機上織絹，面目宛然便是黃蓉，只是容顏瘦損，顰眉含眄，大見憔悴。
>
> 郭靖怔怔的望了半晌，見畫邊又題了兩首小詞。一詞云：「七張機，春蠶吐盡一生絲，莫教容易裁羅綺。無端剪破，仙鸞彩鳳，分作兩邊衣。」另一詞云：「九張機，雙飛雙葉又雙枝。薄情自古多離別。從頭到底，將心縈繫，穿過一條絲。」
>
> 這兩首詞自是模仿瑛姑「四張機」之作，但苦心密意，語語雙關，似又在「四張機」之上。郭靖雖然難以盡解，但「薄情自古多離別」等淺顯句子卻也是懂的，回

> 味半日，心想：「此畫必是蓉兒手筆，魯長老卻從何處
> 得來？」抬頭欲問時，魯有腳早已出帳。郭靖忙命親兵
> 傳他進來。魯有腳一口咬定，說是在江南書肆中購得。
> 郭靖就算再魯鈍十倍，也已瞧出這中間定有玄虛，魯有
> 腳是個粗魯豪爽的漢子，怎會去買甚麼書畫？就算有人
> 送他，他也必隨手拋棄。他在江南書肆中購得的圖畫，
> 畫中的女子又怎會便是黃蓉？（第三十七回）

除了《四張機》和《摸魚兒》，金庸在這裏也引用到《七
張機》和《九張機》兩詞，瑛姑的《四張機》，是郭靖、
黃蓉當日生死一線間遇上，可以說是兩人才知道的「密
碼」，而瑛姑和周伯通的愛情苦澀，又是兩人親見親聞，
比任何人都知之深，感之切，黃蓉在此處仿瑛姑的情詞，
怨懟情郎，也訴說抒發相思情苦。雖只是一簡單的細節運
用，卻具體表現出金庸處理情節和人物情感關係的高明技
巧，而在小說中騰挪調動這些文學作品，處處呼應，又何
等巧妙自然。

除了這些情詞，《射鵰英雄傳》引用宋詞的地方不少：例
如第八回，黃蓉第一次以女兒身裝扮見郭靖，就在舟上唱
辛棄疾的詞作《瑞鶴仙》；第十三回，郭靖、黃蓉在太湖
上初見陸乘風，就是由唱朱敦儒的《水龍吟》開始互通聲

氣，陸乘風和黃蓉由朱敦儒談到張孝祥，意氣相投，感慨激昂。朱、張兩人同是南宋著名的愛國詞人，這一回所引的兩首詞，都是他們愛國詞的名作。待得進入歸雲莊，兩人仍然借詞交流，除了在這回尾後部分，看見「冒牌」裘千仞內功深厚，引唐朝無名氏《菩薩蠻》來比附。黃蓉在書房品評陸乘風抒發個人鬱憤而題上岳飛《小重山》的水墨畫，雖非深刻藝理，但也道出了中國詩書畫相融相生的美學原理，是讀者，特別是年青一輩，讀金庸小說的一種文化享受和得著。

金庸在《射鵰英雄傳》用到的詞作，除了愛情，許多時都是為了表達家國之思，這與小說的背景很配合，對於人物形象的描寫塑造，也有很大幫助。例如第二十三回，寫郭靖、黃蓉在西湖邊讀到俞國寶的《菩薩蠻》，郭靖盛怒下踢爛字畫，並將那心內只有功名而沒有家國百姓的酸秀才教訓了一番。這裏，除了表達郭、黃二人的家國之情，兩人當時內心鬱悶，也側面描寫得很深刻飽滿。金庸小說寫人物情感心緒，與景物和情境配合得自然無間，在這些文學作品的運用和處理，也很值得欣賞。這一回後面引到的岳飛詩、柳永詞和金主完顏亮的立馬詩，其實都是要表達這種情懷。

《射鵰英雄傳》這種家國之思和兒女情長，經常借詞作的引用來表達。其中第二十六回，郭靖、黃蓉在岳陽樓讀到范仲淹的〈岳陽樓記〉，郭靖為那句「先天下之憂而憂，後天下之樂而樂」佩服之際，黃蓉先說范仲淹也寫過一首《剔銀燈》的詞，胸懷灑落，郭靖正出神之間，黃蓉再唸「酒入愁腸，化作相思淚」的千古名句。金庸在這裏借黃蓉之口說得好：「是啊，大英雄大豪傑，也不是無情之人呢！」

而《神鵰俠侶》第三十八回〈生死茫茫〉，寫楊過找不到小龍女之後，「行屍走肉般跟蹌下山，一日一夜不飲不食，但覺唇燥舌焦，於是走到小溪之旁，掬水而飲，一低頭，猛見水中倒影，兩鬢竟然白了一片」。然後金庸寫楊過想到之前讀過蘇軾的《江城子·十年生死兩茫茫》。小說中借此詞映襯楊過失去小龍女的孤獨傷心，對此詞著墨不多。可是若說悼亡妻之詞作，千古中國文學史，當以此為第一，八百年後，納蘭容若的《浣溪沙·誰念西風獨自涼》，勉強只能步趨一二。

說到中國文學的悼亡作品，有名的還有潘安仁和元稹的詩作，但以詞而論，則公認以蘇軾此詞為第一，金庸在這裏用上了，讀者不妨認識。這首詞的詞牌是《江城子》，全

詞如下：

> 十年生死兩茫茫，不思量，自難忘。千里孤墳，無處話
> 淒涼。縱使相逢應不識，塵滿面，鬢如霜。
> 夜來幽夢忽還鄉，小軒窗，正梳妝；相顧無言，惟有淚
> 千行！料得年年腸斷處，明月夜，短松岡。

全詞直抒和想像交相運用，只結尾六字有具體實景，情真
意摯，氣氛畫面都沉痛動人甚深，在中國文學史上，是響
璫璫的作品。近代詞學大家唐圭璋，在他的《唐宋詞簡
釋》一書中稱讚此詞：「此首為公悼亡之作。真情鬱勃，
句句沉痛，而音響淒厲，誠後山所謂『有聲當徹天，有淚
當徹泉』也。」

金庸小說中引用的詞作，很值得注意的，還有一首《天龍
八部》的「含羞倚翠不成歌」。第二十三回〈塞上牛羊空
許約〉，蕭峰錯手殺死阿朱後，在她家中看到段正淳寫給
阮星竹的詞作條幅，寫的《少年遊》正是此詞：

> 含羞倚醉不成歌，纖手掩香羅。偎花映燭，偷傳深意，
> 酒思入橫波。
> 看朱成碧心迷亂，翻脈脈、斂雙蛾。相見時稀隔別多。

又春盡、奈愁何？

這原是蘇門四學士之一的張耒冶遊楚館之作，「看朱成碧」一句，可能是書中阿朱阿碧取名之由來。此詞詞意只是男女之情，段正淳風月留情的書畫，但蕭峰發現字跡有異，知道當日的「帶頭大哥」應該不是段正淳，然後拿著這條幅去找這仇人，跟《神鵰俠侶》的《四張機》詞一樣，對推動劇情起了重要作用。《天龍八部》第十一回，鳩摩智挾帶段譽到蘇州，段譽看到蘇州美景，唸起寇準的《江南春》；到阿碧出場，乘小舟，划著雙槳，口中唱著唐代詩人皇甫松《採蓮子其一》的「菡萏香連十頃陂」，而在第十一回彈唱的《燕詞》更有一段典故，饒有文人情味，走筆一宕，與讀者分享。《湘山野錄》有一段記載：

> 呂申公累乞致仕，仁宗眷倚之重，久之不允。他日，復叩於便坐，上度其志不可奪，因詢之曰：「卿果退，當何人可代？」申公曰：「知臣莫若君，陛下當自擇。」仁宗堅之，申公遂引陳文惠堯佐，曰：「陛下欲用英俊經綸之臣，則臣所不知。必欲圖任老成，鎮靜百度，周知天下之良苦，無如陳某者。」仁宗深然之，遂大拜。後文惠公極懷薦引之德，無以形其意，因撰《燕詞》一闋，攜觴相館，使人歌之曰：「二社良辰，千秋庭院，

翩翩又見新來燕。鳳凰巢穩許為鄰，瀟湘煙暝來何晚。
亂入紅樓，低飛綠岸，畫梁時拂歌塵散。為誰歸去為誰
來，主人恩重朱簾捲。」申公聽歌，醉笑曰：「自恨捲
簾人已老。」文惠應曰：「莫愁調鼎事無功。」老於岩
廊，醞藉不減。

呂申公即北宋初年名相呂夷簡，輔助仁宗主政。陳文惠即
陳堯佐，得呂提拔，最後在仁宗朝官至宰相。詞的原意是
感謝知遇薦引之恩，與金庸所寫和塑造的不同，但卻可
見金庸引用文學作品時不拘一格，而且妙入自然，配合
情景。

其他在金庸小説出現的詞句，還有《鹿鼎記》第三十九
回，韋小寶聽歌女唱秦觀《望海潮》，悶得直打呵欠；
《書劍恩仇錄》第一回陸菲菁唸辛棄疾的豪放詞作《賀新
郎》；第七回，陳家洛和乾隆討論納蘭詞；第十回，乾隆
聽玉如意唱周邦彥《少年遊》，想到李師師和周邦彥的情
事，色心大動，最後為紅花會所擒。在《天龍八部》，金
庸自撰了五首詞作回目，則可以是他的武俠小說中，對於
「詞」，一種非常獨特的展現和運用了，尤其珍貴。

潘之恆〈情癡〉篇説：「故能癡者而後能情，能情者而後

能寫其情。」金庸善寫情，也善用中國文學上的情詞，特別是在《射鵰英雄傳》和《神鵰俠侶》兩書，引用的宋詞與作品中的人物和故事緊緊扣連縮繫，大大有助作品的抒情寫意。金庸的武俠小說好看，能寫情之深，是重要原因。背後中國文學提供的文化背景和佳作淵藪，更令作品蘊藉厚藏，動人至深，願讀者被曲折的故事情節吸引之餘，也能認識與欣賞。

第三章　_____　元曲

元代文學以「曲」為代表。「元曲」是元代「一代之文學」。中國文學史上的「元曲」，不是單一的概念，而是有廣義和狹義之分。廣義是指雜劇之外，包括散曲在內，以合樂和曲辭為主的體式。王季思老師在《元散曲選註》書中的〈前言〉說得清楚：

> 傳統的觀念，「元曲」包括雜劇和散曲兩部分，但從我們今天看來，它們是兩種不同的文學體裁：雜劇是戲劇，而散曲則是詩歌的一體。不過兩者在形式上又有聯繫，雜劇主要部分的唱詞，和散曲一樣，都是合樂歌唱，要按照曲調來撰寫的。它們的關係，就像詩歌和詩劇那樣。

所以，元代散曲和宋詞一樣，講究合樂，是「流行曲」。散曲分套曲和小令兩種，套曲也稱套數，是由同一宮調的若干支曲子組成的組曲，一般是一韻到底，從文學角度看，像組詩。至於小令，是單支曲子，如果從文學角度看，是獨立的小詩。散曲文學性質與詩詞一樣，可用於抒情敘事或寫景遣懷，重要的作家有關漢卿和馬致遠，

到了元代後期，還有喬吉和張可久等名家；狹義的「元曲」，則專指劇曲性質的元雜劇，這是中國古代重要的一種戲劇。

從內容來分類，元代散曲可以主要分為寫景狀物和抒情述懷兩大類別。寫景狀物包括描寫風光景物、名勝古蹟，或表現遊賞之樂趣，又借詠史以諷今，批評世俗，狀物則自然景物，以至女子飾物都有。抒寫情懷，則每多是表達失時不遇和厭棄名利而思慕歸隱之樂，部分以愛情或男女風情為內容，大膽程度超越唐宋詩詞，直接描寫相戀，甚至幽會時的情態和心理，《書劍恩仇錄》中，寫到玉如意唱給乾隆皇帝聽的曲，就是例子。

元散曲最重要的藝術特色是語言自然直率，情感真摯顯露，與傳統詩詞的含蓄委婉並不相同。簡單來說，詩詞多用比興，曲則多用賦的手法，直陳白描。另外，散曲中每多夾入方言俚語，以上這些，都是不少人認為散曲不夠文學性的原因。可是從另一角度看，元散曲語言質樸自然，鮮活有力，又正是與唐詩宋詞不同之處，而在唐宋兩代五百年的發展後，這種結合方言和口語，具生命力和民歌色彩的新文學語言的出現，也是文學發展的常途。所謂「文而不文，俗而不俗」，本色當行，散曲語言，這種寫

百姓生活和心理的語言工具，亦自有其優勢的一面。

這一章談金庸武俠小說引用過的元代散曲，戲曲部分放在第六章。

談金庸小說引用的元散曲，一定先談《射鵰英雄傳》，因為有所謂「宋代才女唱元曲」的批評。《射鵰英雄傳》的第二十九回〈黑沼隱女〉，寫郭靖得瑛姑指點，往尋一燈大師醫治黃蓉的重傷，途中遇到「漁樵耕讀」四位弟子，其中遇到樵夫的一節：

> 只聽他唱的是個「山坡羊」的曲兒：「城池俱壞，英雄安在？雲龍幾度相交代？想興衰，苦為懷。唐家才起隋家敗，世態有如雲變改。疾，也是天地差！遲，也是天地差！」那「山坡羊」小曲於宋末流傳民間，到處皆唱，調子雖一，曲詞卻隨人而作，何止千百？惟語句大都俚俗。黃蓉聽得這首曲子感慨世事興衰，大有深意，心下暗暗喝彩。只見唱曲之人從彩虹後轉了出來，左手提著一捆松柴，右手握著一柄斧頭，原來是個樵夫。

樵夫在這裏唱的《山坡羊》，原是元代曲家張養浩的作品。張養浩晚年在陝西，用《山坡羊》的曲調，共寫了几

首懷古曲，這《咸陽懷古》是其中一首，其他還包括《驪山懷古》、《潼關懷古》、《未央懷古》等。張養浩生於一二七〇年，死於一三二九年，是元代著名散曲作家，也是少數有別集流傳的散曲作家，傳世有《雲莊休居自適小樂府》。集中多寫晚年歸隱的閒適逸樂，同時也流露了對官場險惡的恐懼和厭惡之情。金庸以張養浩的散曲置於《射鵰英雄傳》的人物，在時序上明顯不合真實：

> 只聽那樵子又唱道：「天津橋上，憑欄遙望，春陵王氣都凋喪。樹蒼蒼，水茫茫，雲台不見中興將，千古轉頭歸滅亡。功，也不久長！名，也不久長！」他慢慢走近，隨意向靖、蓉二人望了一眼，宛如不見，提起斧頭便在山邊砍柴。黃蓉見他容色豪壯，神態虎虎，舉手邁足間似是大將軍有八面威風。若非身穿粗布衣裳而在這山林間樵柴，必當他是個叱吒風雲的統兵將帥，心中一動：「師父說南帝段皇爺是雲南大理國的皇帝，這樵子莫非是他朝中猛將？只是他歌中詞語，卻何以這般意氣蕭索？」又聽他唱道：「峰巒如聚，波濤如怒，山河表裏潼關路。望西都，意踟躕。傷心秦漢經行處，宮闕萬間都做了土。興，百姓苦！亡，百姓苦！」當聽到最後兩句，黃蓉想起父親常道：「甚麼皇帝將相，都是害民惡物，改朝換姓，就只苦了百姓！」不禁喝了聲彩：「好

曲兒！」那樵子轉過身來，把斧頭往腰間一插，問道：「好？好在哪裏？」黃蓉欲待相答，忽想：「他愛唱曲，我也來唱個『山坡羊』答他。」當下微微一笑，低聲唱道：

「青山相待，白雲相愛。夢不到紫羅袍共黃金帶。一茅齋，野花開，管甚誰家興廢誰成敗？陋巷簞瓢亦樂哉。貧，氣不改！達，志不改！」她料定這樵子是個隨南帝歸隱的將軍，昔日必曾手縮兵符，顯赫一時，是以她唱的這首曲中極讚糞土功名、山林野居之樂，其實她雖然聰明伶俐，畢竟不是文人學士，能在片刻之間便作了這樣一首好曲子出來。（第二十九回）

這是金庸武俠小說引用文學作品中，非常特別的一段，因為它成為後來被批評和廣泛討論的情節內容。金庸這一大段描寫，引用了張養浩的元曲作品，當作是黃蓉所作，惹來不少批評。梁羽生化名佟碩之寫〈金庸梁羽生合論〉一文，就狠狠地批評金庸：

> 金庸的小說最鬧笑話的還是詩詞方面，例如在《射鵰英雄傳》中，就出現了「宋代才女唱元曲」的妙事。

說是「妙事」，當然是語帶譏諷，實則是「笑話」。接下

來，梁羽生逐首指出時序的不對：

《射鵰》的女主角黃蓉，在金庸筆下是個絕頂聰明的才女，「漁樵耕讀」這回用了許多篇幅，描寫這位才女的淵博才華。黃蓉碰見「漁樵耕讀」中的樵子，那樵子唱了二首牌名《山坡羊》的曲兒，黃蓉也唱了個《山坡羊》答他。

樵子唱的三首：一、「城池俱壞，英雄安在……」，二、「天津橋上，憑欄遙望……」，三、「峰巒如聚，波濤如怒……」。這三首《山坡羊》的作者是張養浩，原題第一首是《咸陽懷古》，第二首是《洛陽懷古》，第三首是《潼關懷古》。

張養浩元史有傳，在元英宗時曾做到參議中書省事，生於公元一二六九年，卒於公元一三二九年。《射鵰英雄傳》最後以成吉思汗死而結束，成吉思汗死於一二二七年八月十八日，黃蓉與那樵子大唱《山坡羊》之時，成吉思汗都還未死，時間當在一二二七年之前。張養浩在一二六九年才出世，也即是說要在樵子唱他的曲子之後四十多年才出世。

黃蓉唱的那首《山坡羊》：「青山相待，白雲相愛。……」作者是宋方壺，原題為「道情」（見《全元散曲》下卷 1300 頁）。此人年代更在張養浩之後，大

約要在黃蓉唱他曲子之後一百年左右才出世。

梁羽生毫不客氣，在此文很詳細地道出金庸這段「宋代才女唱元曲」的不恰當、「鬧笑話」，上面這數段文字，說得清楚明白。雖然金庸不是不知，在修訂版本的這一回回末，金庸自註說：「散曲發源於北宋神宗熙寧、元豐年間，宋金時即已流行民間。惟本回樵子及黃蓉所唱『山坡羊』為元人散曲，係屬晚出。」

在金庸作品中，這種情況雖並不多，在上一章談《神鵰俠侶》時，也指出過金庸引用了元代梁曾的《木蘭花慢‧西湖送春》來寫南宋末年的程英，時序亦是顛倒不合。雖然有些論者認為小說創作，本來就是「七實三虛」，金庸作品中出現的詩詞也不見得全都是他的原創。不過我們明白既是金庸，讀者要求和期望更高，期望配稱他小說作品的水平。其次是文學上的效果考慮，文學作品中移用其他人的作品，貴在黏連虛實，若即若離，像《書劍恩仇錄》的悼香香公主詞，就是虛實運用得極好的例子，利用讀者的想像聯綴，再緊扣小說的情節和人物。現在黃蓉唱的這幾首元曲，張養浩和他這幾首作品在文學史上享有大名，有點唐突古人；宋人唱元曲，其中好壞，也應從產生虛實黏連的可能和聯想來定斷。梁羽生在此文又說：

> 根據中國舊小說的傳統，書中人物所作的詩詞或聯語之
> 類，如果不是註明「集句」或引自前人，則定然是作者
> 代書中人物作的。例如《紅樓夢》中林黛玉的葬花詞、
> 薛寶釵的懷古詩、史湘雲的柳絮詞等等，都是作者曹雪
> 芹的手筆。元春回府省親時，賈政叫賈寶玉題匾、擬
> 聯等等，也都是曹雪芹本人的大作。曹雪芹決不能叫林
> 黛玉抄一首李清照詞或賈寶玉抄一首李白的詩以顯示才
> 華，其理明甚。

梁羽生自有他的道理，不過這種不合時序的文學作品引
用，在中國古代的小説戲曲中，也並不是完全沒有出現，
不贊同這種看法的亦不乏人，例如梁冬麗指出明代馮夢龍
在《醒世恆言》的〈隋煬帝逸遊召譴〉中，隋煬帝製湖上
曲《望江南》八闋，就很不合理，因為《望江南》是唐人
所創之調，隋煬帝不可能用以製曲；又引宋元話本的〈張
子房慕道記〉也有很多七絕、七律、詞調等，然後總結出
一句：「當我們明白小説的創作手法與創作目的以後，就
不會到責他們為甚麼會犯這樣的常識錯誤了，因為他們是
『故意的』。」[3]

3.　　梁冬麗：《古代小説與詩詞》（廣州：暨南大學出版社，2018 年），頁 33。

的確，從中國文學中小說戲劇的寫作傳統來看，時序顛倒的例子，並不罕見，例如元雜劇中，鄭廷玉所撰的《楚昭公疎者下船》，「第二折」楚昭公有一段唱詞：「他走樊城兀自紅顏，過昭關早成皓首……只待要投鞭兒截斷長江，探囊兒平吞了俺這夏口。」故事和人物是春秋時期，但卻用上三國和東晉的典故，這種情況在元雜劇和明清戲曲都常見，特別是運用在曲辭口白中，後來論者狠評的也不見很多。從中國文學的傳統看，小說戲曲在詩文正宗以外，古人在「時序不合」方面，並不介意和在乎。

至於金庸，為了回應梁羽生的批評，他在《海光文藝》一九六六年四月號，發表了〈一個「講故事人」的自白〉，其中淡淡地說：

> 我所以寫這一段，主因在極欣賞這幾支元曲，尤其是「興，百姓苦；亡，百姓苦」這幾句話，忍不住要想法子抄在小說裏……其實，我以為在小說戲劇中宋代人不但可以唱元曲，而且可以唱黃梅調，時代曲。山西人的關公絕對可以講廣東話，唱近代的廣東調。梁山伯祝英台是晉朝人，越劇的曲子卻起於民國初年，梅蘭芳以起於清朝雍正乾隆年間的皮黃曲調唱秦朝末年的《霸王別姬》，董永是東漢時人，黃梅調起於清朝末年，《天

仙配》中的董永卻滿口黃梅調，那在藝術上都不成問題。我想很少有人會去研究《空城計》中諸葛亮所唱的曲調在三國時代是否已經存在。

金庸的回應其實也有道理，而且在小說創作上，這種時序，未必是讀者最關心的，所以筆者才認為因為金庸的一代宗師身份，大家的要求和期望定得很高，從小說創作的角度來看，未必是值得如梁羽生所批評的力度。曹雪芹借書中人物盡顯詩膽才華，固然是後世折服拜讀的又一因由。金庸小說在宋代故事用了元曲，對錯高下，自應從作品所生的藝術感染力去判斷。

話說回來，金庸此處引用元曲，雖然時序不合，但技巧高明。這一回，行文處處將這些材料發揮騰挪，像最後黃蓉與郭靖調笑，唱「活，你背著我！死，你背著我！」《山坡羊》的曲牌句式，妙合眼前情境卻情味深苦，又刻畫了郭靖黃蓉的生死愛情，撇開「宋代才女唱元曲」，金庸語言能力強，令平凡的唱曲應對，橫生妙趣，扣著人物感情處境，可讀性很高。

除了《射鵰英雄傳》，金庸作品引用散曲，大抵頗能配合故事情節和人物情境的需要。例如《書劍恩仇錄》第

十三回〈吐氣揚眉雷掌疾，驚才絕艷雪蓮馨〉，寫余魚同
失意於情，在一家小客店住宿，夜裏聽到隔房有人輕彈
琵琶，一女子低聲唱起曲來，唱的曲詞是：「多才惹得多
愁，多情便有多憂。不重不輕證候。甘心消受，誰教你會
風流」。這首小令的作者是徐再思，曲牌《天淨沙》，題
目是《題情》。徐再思是元代後期的著名散曲作家，風格
與喬吉和張可久這些頂尖元散曲作家相近，作品多寫江南
自然景物和閨閣之情，現存作品一百零三首。徐再思寫過
數首以《天淨沙》為曲牌的散曲，這一首也不是最受重視
的，不過金庸在這裏表達余魚同得不到駱冰的愛，傷心失
意，甚而落髮出家，內容和情感就相當合適了：

> 他心中思量著「多情便有多憂」這一句，不由得癡了。
> 過了一會，歌聲隱約，隔房聽不清楚，只聽得幾句：
> 「……美人皓如玉，轉眼歸黃土……」出神半晌，不由
> 得怔怔的流下淚來，突然大叫一聲，越窗而出。
> 他在荒郊中狂奔一陣，漸漸的緩下了腳步，適才聽到的
> 「美人皓如玉，轉眼歸黃土」那兩句，盡在耳邊縈繞不
> 去，想起駱冰、李沅芷等人，這當兒固然是星眼流波，
> 皓齒排玉，明艷非常，然而百年之後，豈不同是化為骷
> 髏？現今為她們憂急傷心，再過一百年想來，真是可笑
> 之至了。（第十二回）

後面再引一句「你若無心我便休」，一說是唐朝張若虛的詩句，一說是佛經故事，目的都是表達余魚同在此時矢志要跳出情網。《書劍恩仇錄》在其他地方亦出現過元散曲作品的引用，那是第七回〈琴音朗朗聞雁落，劍氣沉沉作龍吟〉。這一回寫到陳家洛邀乾隆皇帝到西湖共敘，請來杭州名妓玉如意來唱歌，半勸半諷地規勸乾隆。唱的正是元散曲：

> 碧紗窗外靜無人，跪在床前忙要親，罵了個負心回轉身。雖是我話兒嗔，一半兒推辭一半兒肯！

這是元代關漢卿的著名作品《題情》「四首」的其中一首。組曲原有四首，用一個女子的口吻，寫與情人相聚時歡樂和離別時的痛苦情景。金庸用的是第二首，寫的是男女調情之樂，也是歷來較多人引用的一首。

上文提到元散曲文學上的重要特色是自然率直，大膽潑辣，這組散曲正好表現這種特色，選用的第二首尤其直接，甚至有些露骨。金庸以玉如意這名妓唱出，正好襯托乾隆的急色輕薄，選得很適當。至於後面的類近〈知足歌〉之類的民謠，不是元散曲，也距離文學較遠。

《倚天屠龍記》第六回，則出現了另一段《山坡羊》：

> 殷素素默然，過了一會，忽然輕輕唱起歌來，唱的是
> 一曲「山坡羊」：「他與咱，咱與他，兩下裏多牽掛。冤
> 家，怎能夠成就了姻緣，就死在閻王殿前，由他把那杵
> 來春，鋸來解，把磨來挨，放在油鍋裏去炸。唉呀由
> 他！只見那活人受罪，哪曾見過死鬼帶枷？唉呀由他！
> 火燒眉毛，且顧眼下。火燒眉毛，且顧眼下。」猛聽得
> 謝遜在艙中大聲喝彩：「好曲子，好曲子，殷姑娘，你
> 比這個假仁假義的張相公，可合我心意得多了。」殷素
> 素道：「我和你都是惡人，將來都沒好下場。」張翠山
> 低聲道：「倘若你沒好下場，我也跟你一起沒好下場。」
> 殷素素驚喜交集，只叫得一聲：「五哥！」再也說不下
> 去了。

這首《山坡羊》出自《孽海記‧思凡》的唱段，不是元曲
作品，金庸作了一些刪改，放在書中。在《鹿鼎記》的第
十回，也有寫到韋小寶看到這演出的片段。事實上，這
《思凡》的演出，在今天的京劇，仍是可以看到的。《倚天
屠龍記》用上散曲，不止此處，還有第二十回，張無忌與
小昭困於光明頂秘道，眼見是無法出去，要死於洞內：

小昭一雙明淨的眼睛凝望著他……伸袖拭了拭眼淚，過了一會，忽然破涕為笑，說道：「咱們既然出不去了，發愁也沒用。我唱個小曲兒給你聽，好不好？」張無忌實在毫沒心緒聽甚麼小曲，但也不忍拂她之意，微笑道：「好啊！」小昭坐在他身邊，唱了起來：「世情推物理，人生貴適意，想人間造物搬興廢。吉藏凶，凶藏吉。」張無忌聽到「吉藏凶，凶藏吉」這六字，心想我一生遭際，果真如此，又聽她歌聲嬌柔清亮，圓轉自如，滿腹煩憂登時大減。

張無忌和小昭的愛情，可能是他一生四段感情中最純潔的。小昭雖對他有隱瞞自己的真正身份，但從無一刻想加害他。這裏的唱歌和最後分別時，在船艙內服侍他更衣和擁吻，都純潔真摯。只有對著小昭，張無忌才可以完全放下戒心，了解這一關節，他們在生死患難中的這一段曲，唱的聽的，就更有意義：

又聽她繼續唱道：「富貴哪能長富貴？日盈昃，月滿虧蝕。地下東南，天高西北，天地尚無完體。」張無忌道：「小昭，你唱得真好聽，這曲兒是誰做的？」小昭笑道：「你騙我呢，有甚麼好聽？我聽人唱，便把曲兒記下來了，也不知是誰做的。」張無忌想著「天地尚無

完體」這一句，順著她的調兒哼了起來。小昭道：「你是真的愛聽呢，還是假的愛聽？」張無忌笑道：「怎麼愛聽不愛聽還有真假之分嗎？自然是真的。」小昭道：「好，我再唱一段。」左手的五根手指在石上輕輕按捺，唱了起來：「展放愁眉，休爭閒氣。今日容顏，老於昨日。古往今來，盡須如此，管他賢的愚的，貧的和富的。到頭這一身，難逃那一日。受用了一朝，一朝便宜。百歲光陰，七十者稀。急急流年，滔滔逝水。」曲中辭意豁達，顯是個飽經憂患、看破了世情之人的胸懷，和小昭的如花年華殊不相稱，自也是她聽旁人唱過，因而記下了。張無忌年紀雖輕，十年來卻是艱苦備嘗，今日困處山腹，眼見已無生理，咀嚼曲中「到頭這一身，難逃那一日」那兩句，不禁魂為之銷。

這首句的作者是關漢卿，曲的內容雖是對人生的看破和歇斯，不合少女年華。小昭一生孤苦，身不由己，最後要遠赴波斯，得不到自己的愛情，其實也是非常契合，只是這時的張無忌不知道吧！

第四章＿＿＿＿＿＿＿說理散文

本章談說理散文。散文一詞，在中國文學的概念本來比較複雜，不過簡單和普遍的定義，是相對於韻文而言，先秦時期的說理散文，主要內容不外闡述政治倫理。這時候，文化上百家爭鳴，政治思想和學說層出，亂世中，有識之士都希望提出經世治天下的政治哲學，內在又建立安身立命的生命哲學，於是出現了百家爭鳴的時代，中國說理議論散文發展蓬勃，可是即使有後來三千年的發展，但再也無法達到如此的文學和思想高度。

這段時間，有所謂「九流十家」，其中「儒墨道法」四家最蓬勃，儒道兩家更深深影響中國文化數千年，滲入每一個中國人的日常生活和思想價值觀。《論語》、《孟子》、《道德經》及《莊子》等書，是中國數千年來，最重要的思想典籍。在金庸小說，這些作品和思想內容，也屢被引用，引用的方法有直接引述、結合武功和刻畫人物思想等不同方面。這些不同的引用和植入，成為金庸小說最深厚而重要的文化精神和背景，這是金庸小說的重要特色，讀者不可不知。

道家和老莊思想運用得最多，先談。

金庸寫的既是武俠小說，出現道士和武當派等人物很正常。雖然道家和道教是不同的概念，但老莊思想的間入和出現，亦自然合理。這些在先秦諸子散文中流露出來的思想，很多時候都被金庸用作絕頂武功的意旨神思，其中《倚天屠龍記》寫張三丰創太極拳，既符合史事，當然亦是道家思想的強烈展現，至於《九陰真經》的「天之道損有餘而補不足……」，也本來是在老子《道德經》一書借用過來。

相對來說，老莊思想融入武功在金庸小說最常出現，而且在各種思想流派中，金庸似乎也最愛以之與武功相結合，互為生發。另一方面，《莊子》一書，歷來都被視為先秦諸子思想文獻中，最具文學性的一種，除了語言運用外，想像奇特奔放，形象具體鮮明等，皆是原因。或者正因這原因，金庸常將之結合講究心靈神思與天人交契的武學極高境界。最明顯的例子是《書劍恩仇錄》第十七回，寫陳家洛、霍青桐和喀麗斯三人在玉室的阿里骸骨旁邊，拾到一綑寫有《莊子》的竹簡。陳家洛從「庖丁解牛」中悟到了武功：

霍青桐忽問：「那篇『莊子』說些甚麼？」陳家洛道：「說一個屠夫殺牛的本事很好，他肩和手的伸縮，腳與膝的進退，刀割的聲音，無不因便施巧，合於音樂節拍，舉動就如跳舞一般。」香香公主拍手笑道：「那一定很好看。」霍青桐道：「臨敵殺人也能這樣就好啦。」陳家洛一聽，頓時呆了。「莊子」這部書他爛熟於胸，想到時已絲毫不覺新鮮，這時忽被一個從未讀過此書的人一提，真所謂茅塞頓開。「庖丁解牛」那一段中的章句，一字字在心中流過：「方今之時，臣以神遇，而不以目視，官知止而神欲行，依乎天理，批大卻，導大窾，因其固然……」再想到：「行為遲，動刀甚微，謋然已解，如土委地，提刀而立，為之四顧，為之躊躇滿志。」心想：「要是真能如此，我眼睛瞧也不瞧，刀子微微一動，就把張召重那奸賊殺了……」（第十七回）

後來陳家洛果然利用這套由「庖丁解牛」領悟到而自創的武功，在余魚同笛聲相和之下，打敗和擒住了大惡人張召重。金庸還宕開一筆，借陳家洛的師父，武林第一高手天池怪客的心內奇怪，來描寫這套陳家洛自創拳法的獨特：「袁士霄沉吟不語，心中大惑不解，陳家洛這套功夫非但不是他所授，而且武林中從所未見。他見多識廣，可算得舉國一人，卻渾不知陳家洛所使拳法是何家數，看來與任

何流派門戶都不相近。」（第十八回）

這種哲學思想與武功自然巧妙的結合，特別是老莊思想的虛無而與自然之道契合相生的，很符合武俠小說講究的高深武學精神，因此在金庸其他小說也是經常見到的。《飛狐外傳》第十五回，胡斐在福安康王府內看到寫著《莊子》〈說劍〉的直幅，想到「示處開利，後發先至」，認為「確是武學中的精義」，不過〈說劍〉不是莊子作品，是後人偽作。另外，又例如《神鵰俠侶》的獨孤求敗和《笑傲江湖》中，風清揚傳給令狐沖的「獨孤九劍」都有相近的精妙，《俠客行》的石破天因為不識字，心無窒礙，反而能領悟絕世武功，都是這種思想。在《射鵰英雄傳》第十二回，洪七公逗著黃蓉玩，教了她一套武功，名叫「逍遙遊」，雖然未見很多筆墨扣緊莊子思想來發揮，但卻是莊子思想的名篇；第十七回寫到周伯通困居桃花島十五年，由雙手互搏再而悟出的「空明拳」，也是道家思想「以虛擊實，以不足勝有餘」為意旨，這套武功後來《神鵰俠侶》的耶律齊和《倚天屠龍記》開首的郭襄，都施展過出來對敵，原都是配合人物性格和思想而產生的武功。

這種老莊思想的運用，在周伯通身上是非常成功的。除了這套空明拳和雙手互搏等武功，在《神鵰俠侶》的最後華

山之巔上，金庸將「天下第一」的爭奪，歸結在老莊思想，是讀《射鵰英雄傳》和《神鵰俠侶》的重要情節和心思，讀者不應輕輕放過。我們先看《神鵰俠侶》一書，金庸最後對「天下第一」的闡釋：

> 黃藥師道：「要不然便是蓉兒。她武功雖非極強，但足智多謀，機變百出，自來智勝於力，列她為五絕之一，那也甚當。」周伯通鼓掌笑道：「妙極，妙極！你甚麼黃老邪、郭大俠，老實說我都不心服，只有黃蓉這女娃娃精靈古怪，老頑童見了她就縛手縛腳，動彈不得。將她列為五絕之一，真是再好也沒有了。」
>
> 各人聽了，都是一怔，說到武功之強，黃藥師、一燈等都自知尚遜周伯通三分，所以一直不提他的名字，只是和他開開玩笑，想逗得他發起急來，引為一樂。那知道周伯通天真爛漫，胸中更無半點機心，雖然天性好武，卻從無爭雄揚名的念頭，決沒想到自己是否該算五絕之一。
>
> 黃藥師笑道：「老頑童啊老頑童，你當真了不起。我黃老邪對『名』淡泊，一燈大師視『名』為虛幻，只有你，卻是心中空空蕩蕩，本來便不存『名』之一念，可又比我們高出一籌了。東邪、西狂、南僧、北俠、中頑童五絕之中，以你居首！」（第四十回）

這是金庸武俠小說精彩的一筆，欣賞這一段，要回應在
《射鵰英雄傳》的結尾一回「華山論劍」，歐陽鋒因為倒
練《九陰真經》而走火入魔，瘋瘋癲癲之下連敗洪七公等
數人，成了「天下第一」。金庸在這裏為華山論劍開了一
個玩笑，又或者是啟示，就是：「天下第一是個瘋子」。
作者當然意有所寄，高明之處，正是可以在《神鵰俠侶》
的結尾遙遙呼應，而且把思想深度扣合中國文化思想，由
儒入老莊，推得更深刻，令人反思。說金庸是一代宗師，
不由我們不同意。

莊子文章和思想的引用，在「射鵰三部曲」都有用上，而
且起著不小的作用。《射鵰英雄傳》和《神鵰俠侶》對「天
下第一」和武學絕頂境界，都借莊子思想以闡述。至於三
部曲的最後一部《倚天屠龍記》，也曾借莊子的思想來寫
張翠山和殷素素的相知相愛：

> 殷素素瞧著一望無際的大海，出了一會神，忽道：
> 「『莊子』秋水篇中說道：『天下之水，莫大於海，萬川
> 歸之，不知何時止而不盈。』然而大海卻並不驕傲，只
> 說：『吾在於天地之間，猶小石小木之在大山也。』莊
> 子真是了不起，胸襟如此博大！」張翠山見她挑動高
> 蔣二人自相殘殺，引以為樂，本來甚是不滿，忽然聽

到這幾句話，不禁一怔。「莊子」是道家修真之士所必讀，張翠山在武當山時，張三丰也常拿來跟他們師兄弟講解。但這個殺人不眨眼的女魔頭突然在這當兒發此感慨，實大出於他意料之外。他一怔之下，說道：「是啊，『夫千里之遠，不足以舉其大，千仞之高，不足以極其深。』」殷素素聽他以「莊子·秋水篇」中形容大海的話相答，但臉上神氣，卻有不勝仰慕欽敬之情，說道：「你想起了師父嗎？」張翠山吃了一驚，情不自禁的伸出右手，握住了她另外一隻手，道：「你怎知道？」……殷素素道：「你臉上的神情，不是心中想起父母，便是想起了師長，但『千里之遠，不足以舉其大』云云，當世除了張三丰道長，只怕也沒第二個人當得起了。」張翠山甚喜，道：「你真聰明。」驚覺自己忘形之下握住了她的雙手，臉上一紅，緩緩放開。(第五回)

而下面殷素素再引《莊子》中顏回稱讚孔子「亦步亦趨」的話，張翠山更加好感大增，兩人也親近了許多。張翠山和殷素素兩情相悅，最後生死相隨的情愛，這裏也是鋪墊的一著，不是閒筆。

另一部引用《莊子》思想的作品是《天龍八部》。書中的「逍遙派」，取的是莊子〈逍遙遊〉之旨，虛竹大戰丁

春秋，金庸就力寫了許多「逍遙」之旨。比較來說，《天龍八部》一書，雜陳先秦多家思想，也不獨只是莊子，老子思想也有，例如第十回，寫到鳩摩智與枯榮大師對戰，枯榮大師燒六脈神劍圖譜，用縷縷黑煙攻擊他，心下暗奇怪：「如此全力出擊，所謂『飄風不終朝，暴雨不終夕……』」這兩句就是出自《老子》第二十三章。不過在各家思想中，《天龍八部》書中引用得最多的始終是儒家思想，主要是《論語》和《孟子》，書中的書呆子段譽，就說得最多，《天龍八部》的前十回，主要是寫段譽的遭遇。書中的段譽，是典型的書呆子，熱情正義，仁厚夾著傻憨，心中相信「是否英雄好漢，豈在武功高下？武功縱然天下第一，倘若行事卑鄙齷齪，也就當不得『大丈夫』三字」（第三回）。他書讀得多，滿口詩文，說話經常引經據典，在出場的首數回，常見他引用先秦儒家的說法：

> 段譽摸了摸臉頰，說道：「給他打了一下，早就不痛了，還記著幹麼？唉，可惜打我的人卻死了。孟子曰：『惻隱之心，仁之端也。』佛家說：『救人一命，勝造七極浮屠。』（第一回）
> 段譽跳下馬來，昂然道：「我又不是你奴僕，要走便走，怎說得上『私自逃走』四字？黑玫瑰是你先前借給我的，我並沒還你，可算不得偷。你要殺就殺好了。」曾

子曰：『自反而縮，雖千萬人，吾往矣！』我自反而縮，自然是大丈夫。」（第三回）

「倘若為我自己，那是半句違心之論也決計不說的，貪生怕死，算甚麼大丈夫了？只不過為了木姑娘，也只得委屈一下了。《易象》曰：『柔順利貞，君子攸行』，就是以柔克剛的道理。」言念及此，心下稍安。（第四回）

段譽道：「你胡亂殺人，也是不對的。子曰：『己所不欲，勿施於人。』你不想給人殺了，也就不該殺人。別人有了危難苦楚，該當出手幫助，才是做人的道理。」（第四回）

他幼讀儒經佛經，於文義中的些少差異，辨析甚精，甚麼「是不為也，非不能也」，甚麼「白馬非馬，堅石非石」，甚麼「有相無性，非常非斷」，鑽研得一清二楚，當此緊急關頭，抓住了南海鱷神一句話，便跟他辯駁起來。（第四回）

這樣眾多的諸子章句和思想引入，當然不是作者有意掉書袋，而是配合和有助描畫段譽多讀書而迂腐傻憨的性格形象。除了段譽，《天龍八部》仍有不少儒家思想章句的引用，例如第三十回中，「函谷八友」排行第三的苟讀就說了一大串孔孟語錄。第三十四回，慕容復也唸起「不虞之譽，求全之毀」，亦出自《孟子》的章句。特別值得一提

的是第四回，說段譽喜歡讀書，且辨析甚精，提到「白馬非馬」、「堅石非石」等思想，這是先秦時代《公孫龍子》等詭辯家的學說，可見金庸小說中的先秦思想涉獵廣泛。

至於金庸小說中，結合儒家思想的武功設計，相對較少。《射鵰英雄傳》的「降龍十八掌」是洪七公和郭靖的武功絕學，這兩人在書中，以至所有金庸小說中，都是仁義和大俠的代表，可以說是以仁為最核心意旨的儒家思想之典型。人物和武功也是配合的，「降龍十八掌」的招式名稱如「亢龍有悔」、「飛龍在天」、「見龍在田」、「潛龍勿用」等，都是儒家「六經」之一——《易經》裏的卦辭。

老莊思想之外，金庸小說中最強烈的當然還是儒家思想。《射鵰英雄傳》三部曲，更是儒家思想濃厚表達的作品，由洪七公在華山怒責裘千仞，那份自反而縮的道德勇氣，到「俠之大者」的郭靖，再到張無忌的仁厚寬大，處處都是儒家精神的流露。即使有黃藥師和楊過般狂狷之人，但其實不脫儒家思想精神。楊過受郭靖所感召教導，最後亦不顧一切保家衛國，黃藥師更加敬重忠臣孝子。在《射鵰英雄傳》第三十四回〈島上巨變〉，眾人在嘉慶煙雨樓比武，他為被歐陽鋒殺死的儒生埋葬人頭。《鹿鼎記》中黃梨洲、顧炎武等人，更因人物角色關係，在小說中，很自

然表達了許多儒家思想的政治主張。

金庸小說中，引用孔、孟、荀或者一些儒家經典章句和思想的地方很多，主要是表達人物在既定情境時的思想情感，例如《倚天屠龍記》第十九回，圓真偷襲，光明頂被攻陷，明教一眾高手一敗塗地。作者描寫楊逍內心：

> 他（楊逍）想圓真此次偷襲成功，固是由於身負絕頂武功，但最主要的原因，還在知道偷上光明頂的秘道，越過明教教眾的十餘道哨線，神不知鬼不覺的突然出手，才能將明教七大高手一舉擊倒。明教經營總壇光明頂已數百年，憑藉危崖天險，實有金城陽池之固，豈知禍起於內，猝不及防，竟至一敗塗地，心中忽地想起了「論語」中孔子的幾句話：「邦分崩離析，而不能守也；而謀動干戈於邦內。吾恐季孫之憂，不在顓臾，而在蕭牆之內也。」

「禍起蕭牆」用在這裏，確是道出了明教之敗的真正原因。這幾句話原出於《論語》的〈季氏〉篇，寫孔子教訓弟子冉求和子路的說話，是孔子一段有名的政治見解，原文是：

> 丘也聞有家有國者，不患寡而患不均，不患貧而患不
> 安。蓋均無貧，和無寡，安無傾。夫如是，故遠人不
> 服，則修文德以來之，既來之，則安之。今由與求也，
> 相夫子，遠人不服而不能來也；邦分崩離析，而不能守
> 也；而謀動干戈於邦內。吾恐季孫之憂，不在顓臾，而
> 在蕭牆之內也。

到了張無忌救了眾人，最後在光明頂上力敵六大派，遇到
華山派掌門鮮于通，也是因為他唸了一句《論語》的「見
賢思齊」，聯想到「見死不救」的外號，才省記起他就是
蝶谷醫仙胡青牛口中，那害死他妹子的薄倖狠心之人。

《論語》在金庸小說中常為故事人物所用，其中如黃蓉就
是例子。《神鵰俠侶》第三回，就寫她教楊過「學而時習
之」，不過她引用《論語》最有趣的，當然是她年青時負
傷，在《射鵰英雄傳》第三十回，因要找一燈大師療傷遇
上朱子柳的一段：

> 見那書生全不理睬，不由得暗暗發愁，再聽他所讀的原
> 來是一部最平常不過的「論語」，只聽他讀道：「暮春
> 者，春服既成，冠者五六人，童子六七人，浴乎沂，風
> 乎舞雩，詠而歸。」讀得興高采烈，一誦三嘆，確似在

春風中載歌載舞，喜樂無已。黃蓉心道：「要他開口，只有出言相激。」當下冷笑一聲，說道：「『論語』縱然讀了千遍，不明夫子微言大義，也是枉然。」……冷笑道：「閣下可知孔門弟子，共有幾人？」那書生笑道：「這有何難？孔門弟子三千，達者七十二人。」黃蓉問道：「七十二人中有老有少，你可知其中冠者幾人，少年幾人？」那書生愕然道：「『論語』中未曾說起，經傳中亦無記載。」黃蓉道：「我說你不明經書上的微言大義，豈難道說錯了？剛才我明明聽你讀道：冠者五六人，童子六七人。五六得三十，成年的是三十人，六七四十二，少年是四十二人。兩者相加，不多不少是七十二人。瞧你這般學而不思，嘿，殆哉，殆哉！」

這一段有趣的引用原是出自馮夢龍《古今笑‧巧言部》，至於朱子柳背誦的幾句章句則出自《論語》的〈先進〉篇，是後世人認為《論語》中，最具文學具象性描寫的一段〈弟子侍坐章〉，不過金庸在這裏挪用，既生趣味，也塑造黃蓉聰穎敏智的形象，是藏於金庸小說中的另一種中國文化知識和趣味。

即使在《神鵰俠侶》，郭靖為救武氏兄弟，深入敵營與忽必烈見面。忽必烈要說降郭靖，用的也是孟子「民為貴，

君為輕，社稷次之」的說話和思想。這裏要留意的是，這些諸子哲學思想，即使沒有章句文本的直接引用，但在金庸小說，實在早已成為文化背景，可說無處不在，影響著人物言行和故事情節，例如《射鵰英雄傳》，最後華山之巔，洪七公怒責裘千仞，就完全是儒家「內省不疚，不憂不懼」、「自反而縮」等道德勇氣的表達展現。這在本書下卷會談及，不贅。

金庸引用先秦諸子散文，儒道之外，其他各派思想並不多見。上面引了「白馬非馬」兩句是「名家」的名句。「法家」思想雖然引用不多，不過金庸在《飛狐外傳》第十九章寫到天下掌門人大會上，各人聽到茶酒中有毒而大驚，就引出一番道理：

> 須知「儒以文亂法，俠以武犯禁」，歷來人主大臣，若不能網羅文武才士以用，便欲加之斧鉞而滅，以免為患民間，扇動天下。

這句「儒以文亂法，俠以武犯禁」與現代武俠小說綰連較深，不少文人學者談到武俠小說的發展，總愛引用這兩句說明武俠的思想，遠在中國先秦時代已經存在。

這一章談金庸小說內的先秦說理散文，因此重心都在先秦諸子的政治文化思想。本來金庸小說中也出現不少宗教思想，特別是佛家思想，例如《天龍八部》的寄意，《倚天屠龍記》的金剛伏魔圈和謝遜的一生孽冤，只是本書主要想從中國文學角度談金庸小說，因此從略。

第五章＿＿＿＿＿　史傳散文

中國古代散文除了諸子散文之外，另一個重要的系統是史傳散文。如果說諸子散文重知性，與政治和人生哲學的關係較密切，那麼史傳散文則更富文學性，當中的故事情節和人物形象心理等，更接近文學作品，而中國古典文學的敘事文學，基本上就是從這一路與歷史敘述緊密結合的史傳散文一路發展而來。這種「史傳」的傳統影響中國小說或敘事文學非常深遠。所以陳平原說：「小說以敘事為主，而在中國，敘事實出史學。不管是古文家還是小說家，談論『敘事』，都不能不從史官之文說起。」[4]

綜觀金庸引用中國傳統散文，主要是先秦部分較多。唐宋古文以至明清兩代的小品文，甚或桐城派古文，在金庸各小說中只偶然出現，例如《射鵰英雄傳》寫到黃蓉和郭靖在岳陽樓上讀到范仲淹的〈岳陽樓記〉，為那句「先天下之憂而憂，後天下之樂而樂」大表拜服慨嘆。相反，先秦散文，在金庸小說中常見得多。其中的說理或諸子散文，或用其章句，或借其義理，在上一章已經論及，這一章再

4.　陳平原：《中國小說小史》（北京：北京大學出版社，2019年），頁25。

談「史傳散文」。

談金庸散文中用先秦史傳故事，扣連最直接、最緊密、最重要的，不是大家都很重視的數部長篇著名作品，反而是一部一般人很不放在心上的《越女劍》。的確，金庸的武俠小說中，《越女劍》篇幅最短，只有一萬九千餘字。這作品最少被人提及，即使金庸以自己作品的書名綴字成十四字對聯「飛雪連天射白鹿，笑書神俠倚碧鴛」，也沒有包括它。

不過要說金庸小說和史傳文學的關係，偏偏就是這部最短篇來得最直接，因為小說中故事的骨幹情節和人物，都主要來自史傳文學作品《吳越春秋》，這種故事內容和主角人物直接取用於史傳的，在所有金庸武俠小說中，只有這一部。

「越女劍」的故事，最先見於趙曄的《吳越春秋》〈勾踐陰謀外傳〉勾踐十三年：

> 越王又問相國范蠡曰：「孤有報復之謀，水戰則乘舟，陸行則乘輿，輿舟之利，頓於兵弩。今子為寡人謀事，莫不謬者乎？」范蠡對曰：「臣聞古之聖君，莫不習戰

用兵，然行陣隊伍軍鼓之事，吉凶決在其工。今聞越有
處女，出於南林，國人稱善。願王請之，立可見。」越
王乃使使聘之，問以劍戟之術。

……

見越王，越王問曰：「夫劍之道則如之何？」女曰：「妾
生深林之中，長於無人之野，無道不習，不達諸侯。竊
好擊之道，誦之不休。妾非受於人也，而忽自有之。」
越王曰：「其道如何？」女曰：「其道甚微而易，其意甚
幽而深。道有門戶，亦有陰陽。開門閉戶，陰衰陽興。
凡手戰之道，內實精神，外示安儀，見之似好婦，奪之
似懼虎，佈形候氣，與神俱往，杳之若日，偏如騰兔，
追形逐影，光若彿彷，呼吸往來，不及法禁，縱橫逆
順，直復不聞。斯道者，一人當百，百人當萬。王欲試
之，其驗即見。」越王大悅，即加女號，號曰「越女」。
乃命五校之隊長、高才習之，以教軍士。當此之時皆稱
越女之劍。

當然，這故事原型與金庸筆下的《越女劍》有很大的不
同，但金庸小說上承史傳文學，或者受到史傳文學深深影
響，這是明證，而且史傳中最重要的人物和情節，都在某
程度上保留在金庸的這部作品中。吳越爭霸的故事，見於
很早的典籍，但將范蠡和西施作情侶來處理的，最早亦應

該見於這部東漢時期的《吳越春秋》。范蠡和西施的愛情故事在中國傳統耳熟能詳，《射鵰英雄傳》第十三回，郭靖和黃蓉在太湖泛舟，「四望空闊」，黃蓉就跟郭靖說起范蠡西施的愛情故事。其他如蕭史和弄玉、梁祝化蝶、牛郎織女這些中國傳統的愛情故事，在金庸小說中如《倚天屠龍記》、《書劍恩仇錄》和《連城訣》等，也是常有引用或由男女主角所提及。

說到《春秋》，我們容易想起更早期的「六經」。《春秋》是一部史書，也是儒家的重要經典。《春秋》是魯國的編年史，傳說孔子晚年退而修訂《春秋》，在「十三經」中有不一樣的地位。全書極簡括地記載了周王朝、魯國及其他諸侯國的歷史事件。由魯隱公元年（公元前七二二年），至魯哀公十四年（公元前四八一年），凡二百四十二年。全書雖然記言十分簡單，類似今天報紙的新聞標題，但常隱含著孔子的政治主張和觀念，寓有批評褒貶，因此後世有「微言大義」、「一字褒貶」的說法。「春秋」一語，在傳統中國就幾乎成為史書的代稱，而且含著褒貶評價的意思。東漢時期寫的《吳越春秋》，便是這樣的史書，雖然筆法似小說，但清代《四庫全書》收其入「史部記載類」，在古人眼中，它是歷史。

陳墨在《陳墨評說金庸》書中說《射鵰英雄傳》除了情節
曲折生動、人物個性突出和文字典雅精美之外，還有很重
要的成功和產生巨大影響的原因：

> 這部小說的真正值得人們驚嘆之處尚不只是以上三條，
> 而是在這三條之上的更根本的一條，那就是：為江湖英
> 雄作「春秋」。

陳墨的說法，基本上是合乎《射鵰英雄傳》的特點。他分
析「華山論劍」，指出華山在五嶽之中，被古人喻為《春
秋》，這也合理。

金庸在小說中引用這些秦漢史傳文學的故事，作者往往是
借用其中智慧，既表現人物的學問才識，也展現中國歷史
文化留下傳統的智慧，而且饒有趣味，增加小說故事情節
的閱讀趣味。例如《射鵰英雄傳》第四十回，寫拖雷領蒙
古兵圍困襄陽，危急之際：

> 郭靖道：「這安撫使可惡！不如依岳父之言，先去殺了
> 他，再定良策。」黃蓉道：「敵軍數日之內必至。這狗
> 官殺了自不足惜，只是城中必然大亂，軍無統帥，難
> 以禦敵。」郭靖皺眉道：「果真如此，這可怎生是好？」

黃蓉沉吟道：「左傳上載得有個故事，叫做『弦高犒師』，咱們或可學上一學。」郭靖喜道：「蓉兒，讀書真是妙用不盡。那是甚麼故事，你快說給我聽。咱們能學麼？」黃蓉道：「學是能學，就是須借你身子一用。」郭靖一怔，道：「甚麼？」黃蓉不答，卻格的一聲笑了起來。

這裏黃蓉提到的「弦高犒師」是《左傳》的著名故事：

及滑，鄭商人弦高將市於周，遇之。以乘韋先，牛十二犒師，曰：「寡君聞吾子將步師出於敝邑，敢犒從者，不腆敝邑，為從者之淹，居則具一日之積，行則備一夕之衛。」且使遽告於鄭。鄭穆公使視客館，則束載、厲兵、秣馬矣。使皇武子辭焉，曰：「吾子淹久於敝邑，唯是脯資餼牽竭矣。為吾子之將行也，鄭之有原圃，猶秦之有具囿也。吾子取其麋鹿以閒敝邑，若何？」杞子奔齊，逢孫、揚孫奔宋。孟明曰：「鄭有備矣，不可冀也。攻之不克，圍之不繼，吾其還也。」滅滑而還。

這故事見於《左傳》僖公三十三年，郭靖和黃蓉最後沒有因這計策解了被蒙古兵困之圍，但這種由古人身上學到的智慧，用於書中人物和故事，是金庸小說中人物經常有

的。《神鵰俠侶》第十二回出現的「上駟下駟」之計，就是見於《史記》的〈孫子吳起列傳〉。

> 黃蓉向身旁眾人低聲道：「咱們勝定啦。」郭靖道：「怎麼？」黃蓉低聲道：「今以君之下駟，與彼上駟……」她說了這兩句，目視朱子柳。朱子柳笑著接下去，低聲道：「取君上駟，與彼中駟；取君中駟，與彼下駟。既馳三輩畢，而田忌一不勝而再勝，卒得王千金。」郭靖瞠目而視，不懂他們說些甚麼。
>
> 黃蓉在他耳邊悄聲道：「你精通兵法，怎忘了兵法老祖宗孫臏的妙策？」郭靖登時想起少年時讀「武穆遺書」，黃蓉曾跟他說過這個故事：齊國大將田忌與齊王賽馬，打賭千金，孫臏教了田忌一個必勝之法，以下等馬與齊王的上等馬賽，以上等馬與齊王的中等馬賽，以中等馬與齊王的下等馬賽，結果二勝一負，贏了千金。現下黃蓉自是師此故智了。

除了這「上駟下駟」之計，《神鵰俠侶》還多次用上史傳或筆記故事，例如第十七回〈絕情幽谷〉，楊過初見公孫綠萼，就以「烽火戲諸侯」的故事來逗她。此外，第十回寫楊過為守對洪七公的信約，寧願捱餓受凍，甚至丟掉性命：

到第三日上，洪七公仍與兩日前一般僵臥不動，楊過越看越是疑心，暗想：「他明明已經死了，我偏守著不走，也太傻了。再餓得半日，也不用這五個醜傢伙動手，只怕我自己就餓死了。」抓起山石上的雪塊，吞了幾團，肚中空虛之感稍見緩和，心想：「我對父母不能盡孝，對姑姑不起，又無兄弟姊妹，連好朋友也無一個，『義氣』二字，休要提起。這個『信』字，好歹要守他一守。」又想：「郭伯母當年和我講書，說道古時尾生與女子相約，候於橋下，女子未至而洪水大漲，尾生不肯失約，抱橋柱而死，自後此人名揚百世。我楊過遭受世人輕賤，若不守此約，更加不齒於人，縱然由此而死，也要守足三日。」

事實上，作為敘事文學的武俠小說，在許多方面，直接間接都受到中國傳統史傳文學的影響，即如小說的書名，都有痕跡可見，例如金庸封筆之作的《鹿鼎記》，鹿鼎兩字，都是中國史傳書寫的重要意象和概念，也就是爭逐天下的意思。「逐鹿」、「問鼎」這些詞語和概念，都是出自先秦兩漢等史傳文學，如《左傳》、《史記》和《漢書》之中，金庸在書中的第一回，就已借呂留良之口，清楚點名了小說的題旨。

除了故事的直接引用，有些金庸小說的故事情節，明顯是沿自，或者取靈感自史傳文學故事的，比較明顯的是《倚天屠龍記》中范遙為了追查成崑下落，委身在汝陽王府為下人，而且自毀容貌，扮成啞巴：

> 我想若是喬裝改扮，只能瞞得一時，我當年和楊兄齊名，江湖上知道「逍遙二仙」的人著實不少，日子久了，必定露出馬腳，於是一咬牙便毀了自己容貌，扮作個帶髮頭陀，更用藥物染了頭髮，投到了西域花剌子模國去。（第二十六回）

這樣的忍辱負重和巨大犧牲的做法，深深感動明教眾人，當然也打動讀者，不過這是有所本的，出自中國一個非常著名的「豫讓吞炭」的故事。

> 豫讓者，晉人也，故嘗事范氏及中行氏，而無所知名。去而事智伯，智伯甚尊寵之。及智伯伐趙襄子，趙襄子與韓、魏合謀滅智伯，滅智伯之後而三分其地。趙襄子最怨智伯，漆其頭以為飲器。豫讓遁逃山中，曰：「嗟乎！士為知己者死，女為說己者容。今智伯知我，我必為報仇而死，以報智伯，則吾魂魄不愧矣。」乃變名姓為刑人，入宮塗廁，中挾匕首，欲以刺襄子 ⋯ 居頃

之，豫讓又漆身為厲，吞炭為啞，使形狀不可知，行乞
於市。其妻不識也……豫讓曰：「既已委質臣事人，而
求殺之，是懷二心以事其君也。且吾所為者極難耳！然
所以為此者，將以愧天下後世之為人臣懷二心以事其君
者也。」……豫讓曰：「臣事范、中行氏，范、中行氏皆
眾人遇我，我故眾人報之。至於智伯，國士遇我，我故
國士報之。」

這是《史記》名篇，「國士遇我，國士報之」，更加是中
國讀書人的共同意氣。考《史記》之作，作者司馬遷不但
不見用於當時君主漢武帝，而且因李陵事件而慘遭「宮
刑」，所以《史記》一書，盡是他自澆塊壘，抒發抑憤之
作。「士為知己者死」、「國士報之」這種肝膽相照的渴
望與追求，金庸移入自己的小說之中，成為一段精彩的
情節。《史記》是中國史傳文學之精品，金庸引用自然較
多。例如《書劍恩仇錄》，陳家洛初見乾隆，就說過因為
讀了《史記》的〈游俠列傳〉，生平最佩服英雄俠士。
另一部引用得較多史傳散文故事的金庸小說是《天龍八
部》，包括第十回寫到本相大師以為鳩摩智是要效法吳季
札掛劍墓上，是為了要兌現許予慕容博的承諾。這「季札
掛劍」的故事也是來自《史記》的〈吳太伯世家〉，是歷
史上歌頌肝膽相照、言出必諾的著名故事：

> 季札之初使，北過徐君。徐君好季札劍，口弗敢言。季
> 札心知之，為使上國，未獻。還至徐，徐君已死，於
> 是乃解其寶劍，繫之徐君冢樹而去。從者曰：「徐君已
> 死，尚誰予乎？」季子曰：「不然。始吾心已許之，豈
> 以死倍吾心哉！」

到了第三十回，李傀儡演項羽和虞姬垓下之圍的故事，也是出自《史記》的〈項羽本紀〉的家喻戶曉情節，而儒生說的「宋襄之仁」就出自《左傳》。第四十回，包不同和公冶乾談到大燕的復國，正需要結納一些強力的政治外援，就像當年秦穆公幫助出亡於外的晉公子重耳，最後成為晉文公一代霸業的故事。這是「秦晉之好」的故事，也是出自《史記》的〈秦本紀〉和〈晉世家〉的著名故事，「秦晉之好」亦成為中國後世廣為流傳的成語。

除了《左傳》和《史記》，金庸也偶有用上其他敘事史傳的作品。《飛狐外傳》第十七章，寫福康安不存好心，想用二十四隻御杯令天下武林人士，爭奪和排等次，胡斐和程靈素都知道這是「二桃殺三士」的奸計：

> 胡斐聽了福康安的一番說話，又想起袁紫衣日前所述他
> 召開這天下掌門人大會的用意，心道：「初時我還道他

只是延攬天下英雄豪傑，收為己用，那知他的用意更要
毒辣得多。他是存心挑起武林中各門派的紛爭，要天下
武學之士，只為了一點兒虛名，便自相殘殺，再也沒餘
力來反抗滿清。」正想到這裏，只見程靈素伸出食指，
沾了一點茶水，在桌上寫了個「二」，又寫了個「桃」
字，寫後隨即用手指抹去。胡斐點了點頭，這「二桃殺
三士」的故事，他是曾聽人說過的，心道：「古時晏嬰
使『二桃殺三士』的奇計，只用兩枚桃子，便使三個桀
驁不馴的勇士自殺而死。今日福康安要學矮子晏嬰。只
不過他氣魄大得多，要以二十四隻杯子，害盡了天下武
人。」他環顧四周，只見少壯的武人大都興高采烈，急
欲一顯身手，但也有少數中年和老年的掌門人露出不以
為然的神色，顯是也想到了爭杯之事，後患大是不小。

「二桃殺三士」也是中國有名的故事，原文見於《晏子春秋》
的〈內篇・諫下〉篇。《晏子春秋》一書，主要記載春秋時
代，齊國著名丞相晏嬰一生言行活動的書籍，今天普遍認
為大約成書於戰國時期，作者是誰，仍然待考。書中有不
少有趣而流傳廣遠的故事，「二桃殺三士」就是其中之一：

公孫接、田開疆、古冶子事景公，以勇力搏虎聞。晏子
過而趨，三子者不起。

> 晏子入見公曰：「臣聞明君之蓄勇力之士也，上有君臣
> 之義，下有長率之倫，內可以禁暴，外可以威敵，上利
> 其功，下服其勇，故尊其位，重其祿。今君之蓄勇力之
> 士也，上無君臣之義，下無長率之倫，內不以禁暴，外
> 不可威敵，此危國之器也，不若去之。」
> 公曰：「三子者，搏之恐不得，刺之恐不中也。」
> 晏子曰：「此皆力攻劫敵之人也，無長幼之禮。」因請
> 公使人少餽之二桃，曰：「三子何不計功而食桃？」
> 公孫接仰天而嘆曰：「晏子，智人也！夫使公之計吾功
> 者，不受桃，是無勇也，士眾而桃寡，何不計功而食桃
> 矣。接一搏猏而再搏乳虎，若接之功，可以食桃而無與
> 人同矣。」

最後公孫接三人真的為這二桃而死，而「二桃殺三士」也
成為後世成語，一面寫出用權謀殺人，另一方面也常為人
因爭功奪利而互相殘殺而不自知。所以諸葛亮的《梁父
吟》也說「一朝被讒言，二桃殺三士」；李白《畏讒》詩
則說「二桃殺三士，詎假劍如霜」。

關於金庸小說對史傳文學的承襲採用，除了故事材料，其
實更值得重視的是「史傳」的敘事傳統的影響，這在本書
下卷部分會再論及。

第六章＿＿＿＿小說與戲曲

金庸喜歡看戲，資料很多。二〇〇七年，鳳凰衛視中文台的《魯豫有約》訪問金庸。他回憶二十世紀四十年代當記者的日子，就說過很喜歡看京戲，當時的錢都花在看京戲。《三劍樓隨筆》中，金庸有一篇〈看三台京戲〉，見出他不但喜歡看，也懂得看，而且關心當時香港京戲演出的情況。這一年，《明報月刊》也因為創刊四十周年，出版了《金庸散文》一書作為紀念，其中有「看戲」的一章，刊錄了數篇金庸有關看京戲的文章。金庸喜歡看戲，也懂戲，很明顯。而且他作為小說家，不是只欣賞唱造程式，對戲本故事，特別是人物形象的感染力，都非常重視，所以他在這一章前面說：「這些戲中我最喜歡『空城計』。因為其餘的戲大都把他演成一個『超人』，有著近於不可思議的智慧。但在『空城計』中，諸葛亮卻是一個內心衝突極為強烈，有血有肉的人物。」簡單幾句話，看出金庸對戲曲故事劇本和人物塑造，都有要求，不是傳統觀眾。而對人物角色，要有「內心衝突，有血有肉」，在他的小說中，也成為明顯的藝術特徵。

這種喜歡，亦明顯可以在他的作品裏看出來。他在一九

五四年十二月寫了三篇有關梁山伯與祝英台的文章，表達他對這齣戲和故事的喜愛，其中談到：「在我們故鄉，就叫這種蝴蝶作『梁山伯、祝英台』。這種蝴蝶雌雄之間的感情真是好到不能再好的地步，小孩子如果捉住了一隻，另外一隻一定在他手邊繞來繞去，無論怎樣也趕它不走。」（〈看梁山伯與祝英台〉）這童年記憶，卻在他後來寫《連城訣》，用在狄雲和戚芳的愛情故事中，而且充滿著暗示：

> 狄雲隨手從針線籃中拿起一本舊書，書的封面上寫著「唐詩選輯」四個字。他和戚芳都識字不多，誰也不會去讀甚麼唐詩，那是戚芳用來夾鞋樣、繡花樣的。他隨手翻開書本，拿出兩張紙樣來。那是一對蝴蝶，是戚芳剪來做繡花樣的。他心裏清清楚楚地湧現了那時的情景。
>
> 一對黃黑相間的大蝴蝶飛到了山洞口，一會兒飛到東，一會兒飛到西，但兩隻蝴蝶始終不分開。戚芳叫了起來：「梁山伯，祝英台！梁山伯，祝英台！」湘西一帶的人管這種彩色大蝴蝶叫「梁山伯，祝英台」。這種蝴蝶定是雌雄一對，雙宿雙飛。
>
> 狄雲正在打草鞋，這對蝴蝶飛到他身旁，他舉起半隻草鞋，拍的一下，就將一隻蝴蝶打死了。戚芳「啊」的一

聲叫起來，怒道：「你……你幹甚麼？」狄雲見她忽然
發怒，不由得手足無措，囁嚅道：「你喜歡……蝴蝶，
我……我打來給你。」
死蝴蝶掉在地下，一動也不動了，那隻沒死的卻繞著死
蝶，不住地盤旋飛動。
戚芳道：「你瞧，這麼作孽！人家好好一對夫妻，你活
生生把它們拆散了。」（第九回）

狄雲在小說中發現《唐詩選輯》之後打死蝴蝶，拆散了
「人家一對好好夫妻」，自己後來也因為這部書受盡陷害。
這裏引用「梁祝」，不是簡單的情節過場，而是金庸刻意
描畫的愛情帶來的傷害和悲痛，所以他不但把這回的回目
就定為「梁山伯、祝英台」，更刻意借狄雲的回憶，重複
這種「聲音」：

狄雲拿著那對做繡花樣子的紙蝶，耳中隱隱約約似乎
聽到戚芳的聲音：「你瞧，這麼作孽！人家好好一對夫
妻，你活生生把它們拆散了。」

從現代文學的角度看，中國文學中成熟完整的小說和戲劇
（曲）都屬於晚出。小說要到唐代傳奇才有較鮮明的作者
藝術創作意圖，戲劇則更要到宋元雜劇才出現大批完整而

成熟的作品，都是已經唐詩興盛了二三百年之後的事。

除了喜歡戲曲，傳統小說作為小說體裁，對金庸的影響當
然更明顯更巨大。金庸在《俠客行》書後的〈三十三劍客
圖〉介紹文字，清楚說過：「我很喜歡讀舊小說，也喜歡
小說中的插圖。」金庸小說受傳統小說影響和啟發，這是
很容易可以看出來。他在創作過程甚至直接道出來。像在
《射鵰英雄傳》的開場，他就很有意識地引入傳統小說作
引子，〈後記〉透露：

> 修訂時曾作了不少改動。刪去了一些與故事或人物並無
> 必要聯繫的情節，如小紅鳥、蛙蛤大戰、鐵掌幫行兇等
> 等，除去了秦南琴這個人物，將她與穆念慈合而為一。
> 也加上一些新的情節，如開場時張十五說書、曲靈風盜
> 畫、黃蓉迫人抬轎與長嶺遇雨、黃裳撰作「九陰真經」
> 的經過等等。我國傳統小說發源於說書，以說書作為引
> 子，以示不忘本源之意。(《射鵰英雄傳》〈後記〉)

中國古代小說與戲劇本來就是同源異流，有很密切的關
係。小說和戲曲在古代文學中概念較含混，而且常常互為
指涉，同一種故事題材，可以寫成小說，也可以寫成戲
劇，甚至有以「無聲戲」來稱小說作品。在一些古典小說

中，已經出現夾入許多戲文的寫法，且有其獨特而重要的
藝術作用。其中《紅樓夢》是代表作品，小說中戲文的出
現，很值得注意。鍾愛而深受《紅樓夢》影響的著名作家
白先勇曾說：

> 此外，《紅樓夢》的情節經常提及看戲場景。《紅樓
> 夢》運用詩詞、戲曲，即現在所說文本互涉（Intertextual-
> ity），以戲曲點題。這部小說有兩條線，第一個重要主題
> 為賈府興衰，並由賈府興衰講人世間的枯榮無常。第二
> 條線則講述人的命運。而人的命運是最神秘，且自己不
> 可知的。如小說第五回說的即是人物的命運。《紅樓夢》
> 故事動人、思想偉大、人物塑造靈活，而我的疑問是：
> 小說如何表現偉大的思想感情呢？手法之一便是用戲曲
> 點題。[5]

白先勇分析曹雪芹怎樣利用「戲曲點題」，書中出現的戲
文，既有助表達人物，也暗示書寫了小說中的主題情思，
可以說是中國古典文學中，這種「文本互涉」的精彩示範。

---

5. 原文為白先勇於 2019 年 6 月 14 日於台大總圖書館的演講。見〈戲中戲：
    《紅樓夢》中戲曲的點題作用〉，收於台北《文訊》雜誌 2019 年 9 月號，頁
    172。

敘事性文學在中國文學有自己獨特的發展軌跡，相對於前數章談到的詩文，金庸小說中出現的小說和戲曲的情節，數目較少，應用層面也較狹窄。直接引用雖少，但作為小說類別，金庸武俠小說中的古典小說與戲曲影響，許多時是寫法技巧和思想情味上，而不純是直接的採用，例如上文提到的「內心衝突，有血有肉」。

說採用不多，但仍是可以舉出很多例子的。其中《鹿鼎記》就多次寫到有戲曲演出的情節。第十回〈盡有狂言容數子，每從高會廁諸公〉中寫到康親王陪伴吳三桂之子吳應熊過訪韋小寶府邸，結交這位桂公公。席上吳應熊努力討好韋小寶：

> 又飲了一會，王府戲班子出來獻技。康親王要吳應熊點戲。吳應熊點了齣「滿床笏」，那是郭子儀做壽，七子八婿上壽的熱鬧戲。郭子儀大富貴亦壽考，以功名令終，君臣十分相得。吳應熊點這齣戲，既可說祝賀康親王，也是為他爹爹吳三桂自況，頗為得體。
> 康親王待他點罷，將戲牌子遞給韋小寶，道：「桂兄弟，你也點一齣。」韋小寶不識得戲牌上的字，笑道：「我可不會點了，王爺，你代我點一齣，要打得結棍的武戲。」康親王笑道：「小兄弟愛看武戲，嗯，咱們⚟

> 一齣少年英雄打敗大人的戲，就像小兄弟擒住鰲拜一
> 樣。是了，咱們演『白水灘』，小英雄十一郎，只打得
> 青面虎落花流水。」「滿床笏」和「白小灘」演罷，第
> 三齣是「遊園驚夢」。兩個旦角啊啊啊的唱個不休，韋
> 小寶聽得不知所云，不耐煩起來，便走下席去。

兩人點戲，雖是簡單情節，都配合人物形象性格，吳應熊
出身公侯之家，周全得體；韋小寶是市井流氓，只喜歡看
打架翻筋斗的表演，對戲曲史上瑰寶《遊園驚夢》毫不感
興趣，更不懂欣賞，都合理適當，也有助表現人物。所以
後來韋小寶賭錢感到無趣（因為他知人家在故意輸錢），
又回到席上，吃菜聽戲。聽到《思凡》：「一個尼姑又做又
唱，旁邊的人又不住叫好，韋小寶不知她在搞甚麼鬼，大
感氣悶，又站起身來。」（第十回）

此外，如第三十四回，陳近南在風雨交加的江上，聽到
吳六奇唱出一段《桃花扇·沉江》：「風雨聲中，忽聽得
吳六奇放開喉嚨唱起曲來：『走江邊，滿腔憤恨向誰言？
老淚風吹，孤城一片，望救目穿，使盡殘兵血戰。跳出重
圍，故國悲戀，誰知歌罷剩空筵。長江一線，吳頭楚尾路
三千，盡歸別姓，雨翻雲變。寒濤東捲，萬事付空煙。精
魂顯大招，聲逐海天遠。』」既合眼前情景，也展現了吳

六奇忠貞剛烈，一樣起著塑造人物形象的作用。

韋小寶喜歡看戲文，書中常寫到他在戲文學來的「招數」，連康熙罵建寧公主時也說：「你不肯，跟小桂子一般的沒學問，就淨知道戲文裏的故事。」（第三十八回）。但是這些「招數」卻成為他的「大智慧」，例如在王屋山上收買人心，是學《臥龍弔孝》的諸葛亮（第三十八回）；提拿到吳應熊時，又說要他回去在康熙面前演《金玉奴棒打薄情郎》（第三十八回）。這種戲文來的智慧對不學無術的韋小寶是重要的人生技巧，第四十二回寫康熙正為群臣不願征討吳三桂而氣悶，小說中寫了一段：

> 韋小寶道：「皇上英斷。奴才看戲文『群英會』，周瑜和魯肅對孫權說道，我們做臣子好投降曹操，主公卻投降不得。咱們今日也是一般，他們王公大臣好跟吳三桂講和，皇上卻萬萬不能講和。」康熙大喜，在桌上一拍，走下座來，說道：「小桂子，你如早來得一天，將這番道理跟眾大臣分說分說，他們便不敢勸我講和了。哼，他們投降了吳三桂，一樣的做尚書將軍，又吃甚麼虧了？」心想韋小寶雖然不學無術，卻不似眾大臣存了私心，只為自身打算，拉著他手，走到一張大桌之前。

這一段，韋小寶大得康熙欣賞，至「拉著他手」，共商征討吳三桂的部署。固然因為韋小寶對康熙有真正的忠心，但從戲文學來的智慧（當然這在正統史書，如《資治通鑑》等，也有記載），卻確實道出了康熙的處境和無所選擇。又如第四十六回以言詞箝制施琅，也是因他看過伍子胥的戲文故事，抓住施琅在祭文中自比伍子胥，借詛咒要親眼看著吳國滅亡的關目，大做文章，令施琅最終就範。伍子胥的故事，在《越女劍》也曾寫到，金庸引用這些故事，巧妙配合和推動故事情節，描繪人物處境和性格，都是相當成功的。

韋小寶這種由小說和戲文學習回來的人生智慧伎倆，他自己也相信，連作者金庸也「跳出來」表明同意。書中第三十六回的結尾寫道：

> 其時天氣和暖，韋小寶跨下駿馬，於兩隊哥薩克騎兵擁衛之下，在西伯利亞大草原上向東疾馳，和風拂面，蹄聲盈耳，左顧俏丫頭雙兒雪膚櫻唇，右盼羅剎國使臣碧眼黃鬚，貂皮財物，滿載相隨，當真意氣風發之至，心想：「這次死裏逃生，不但保了小命，還幫羅剎公主立了一場大功，全靠老子平日聽得書多，看得戲多。」

中國立國數千年，爭奪帝皇權位、造反斫殺，經驗之豐，舉世無與倫比。韋小寶所知者只是民間流傳的一些皮毛，卻已足以揚威異域，居然助人謀朝篡位，安邦定國。其實此事說來亦不稀奇，滿清開國將帥粗鄙無學，行軍打仗的種種謀略，主要從一部《三國演義》中得來。當年清太宗使反間計，騙得崇禎皇帝自毀長城，殺了大將袁崇煥，就是抄襲《三國演義》中周瑜使計、令曹操斬了自己水軍都督的故事。實則周瑜騙得曹操殺水軍都督，歷史上並無其事，乃是出於小說家杜撰，不料小說家言，後來竟爾成為事實，關涉中國數百年氣運，世事之奇，那更勝於小說了。滿人入關後開疆拓土，使中國版圖幾為明朝之三倍，遠勝於漢唐全盛之時，餘蔭直至今日，小說、戲劇、說書之功，亦殊不可沒。

除了《鹿鼎記》，金庸其他小說中也有寫到唱戲看戲之類的情節，例如《書劍恩仇錄》第十回，寫乾隆初見名妓玉如意，就是聽她唱曲：

待眾人遊船圍著玉如意花舫時，只見她啟朱唇、發皓齒，笛子聲中，唱了起來：「望平康，鳳城東，千門綠楊。一路紫絲韁，引遊郎，誰家乳燕雙雙？隔春波，碧

煙染窗；倚晴天，紅杏窺牆，一帶板橋長。閒指點，茶寮酒舫，聲聲賣花忙。穿過了條條深巷，插一枝帶露柳嬌黃。」

其時正當八月中旬，湖上微有涼意，玉如意歌聲纏綿婉轉，曲中風暖花香，令人不飲自醉。乾隆嘆道：「真是才子之筆，江南風物，盡入曲裏。」他知這是「桃花扇」中的「訪翠」一曲，是康熙年間孔尚任所作，寫侯方域訪名妓李香君的故事。玉如意唱這曲時眼波流轉，不住向他打量。乾隆大悅，知她唱這曲是自擬於李香君，而把他比作才子侯方域了。

金庸在《書劍恩仇錄》對乾隆並無好感，只想把他寫成背信棄義、風流好色的皇帝。兩次見玉如意，作用都如此。不過《桃花扇》卻是中國戲曲史上非常有名的作品，作者孔尚任，與寫《長生殿》的洪昇，在清初並稱「南洪北孔」，與元代關漢卿、馬致遠，明代湯顯祖等曲家，同為中國千年戲曲史上的最頂尖人物。

至於書中第十六回寫陳正德夫妻和陳家洛、白香公主玩削沙遊戲輸了，罰唱戲，帶出夫妻情愛，情味又自不同，而且十分感人：

香香公主笑道：「老爺子，你唱歌呢還是跳舞？」陳正德老臉羞得通紅，拚命推搪。關明梅與丈夫成親以來，不是吵嘴就是一本正經的練武，又或是共同對付敵人，從未這般開開心心的玩耍過，眼見丈夫憨態可掬，心中直樂，笑道：「你老人家欺侮孩子，那可不成！」陳正德推辭不掉，只得說道：「好，我來唱一段次腔，販馬記！」用小生喉嚨唱了起來，唱到：「我和你，少年夫妻如兒戲，還在那裏哭……」不住用眼瞟著妻子。

關明梅心情歡暢，記起與丈夫初婚時的甜蜜，如不是袁士霄突然歸來，他們原可終身快樂。這些年來自己從來沒好好待他，常對他無理發怒，可是他對自己一往情深，有時吃醋吵嘴，那也是因愛而起，這時忽覺委屈了丈夫數十年，心裏很是歉然，伸出手去輕輕握住了他手。陳正德受寵若驚，只覺眼前朦朧一片，原來淚水湧入了眼眶。關明梅見自己只露了這一點兒柔情，他便感激萬分，可見以往實在對他過分冷淡，向他又是微微一笑。

這對老夫妻親熱的情形，陳家洛與香香公主都看在眼裏，相視一笑。四人又玩起削沙遊戲來。這次陳家洛輸了，他講梁山伯與祝英台的故事。

這一段筆調疏淡，卻是十分精彩的段落，金庸處理人物和情境之間映襯對照，情節處境等高明之處，都可以見到。兩老兩少的玩樂，陳正德身懷絕頂武功，卻是平生情場悻悻，一腔憤懣妒恨，怕妻更愛妻，可是在與兩個「小朋友」玩遊戲輸了，願賭服輸，天真地罰唱起戲文來。一方面寫香香公主的天真可愛，也開出一筆寫這對「天山雙鷹」的愛情故事，用關明梅的角度來寫這多情老人，實在有趣而感人。後來陳正德力戰而死，關明梅隨夫自盡，這裏就成了最好的鋪墊。金庸小說好看和高明，往往也在這些次要人物和情節的處理，既精到又處處呼應。其中引用的《販馬記》選段，寫夫妻之樂，是古典戲曲常見劇目，到今天還是在各大地方劇種經常演出，用在這裏，也十分貼題。

傳統戲班的人，不少會武功，也有不少勇武英雄。例如粵劇的李文茂。至於真的會演戲，又會武功的江湖人物，金庸小說中還真的寫了一個，那是《天龍八部》中「函谷八友」的李傀儡。他在《天龍八部》第三十回中出場，一邊和人打架，一邊唱戲，唱的是《霸王別姬》，雖然用的篇幅不少，但相比陳正德的《販馬記》，藝術作用和效果就相去遠了。

第七章 _____ 賦

賦，是中國文學非常重要的文學觀念。它既是文體的名稱，也是寫作的方法，對中國文學的發展影響重大而深遠。在《左傳》裏，賦是誦說的意思，因此常有「某人賦某某」的說法，而《漢書》的〈藝文志〉也說：「不歌而誦謂之賦。」賦作為寫作技巧的一種，主要來自《毛詩》〈序〉的「六義」，也就是「風雅頌賦比興」的說法，孔穎達釋之為「賦比興是詩之所用，風雅頌是詩之成形」，可見賦並不是文體。對於賦，鄭玄註解為「賦之言鋪，直鋪陳今之政教善惡」，後來宋代朱熹在《詩集傳》的解釋為最多人接受和引用的，就是「賦者，敷也，敷陳其事而直言之者也」，賦是直陳鋪敘，是寫作手法，與後世的賦的文體意思不同。

雖然如此，但賦這種直敘鋪陳的特色，對後來出現的賦體文學卻有很大影響，很容易見出其中的關係。劉勰《文心雕龍》的〈詮賦〉篇說賦體是「鋪采摛文，體物寫志」。這種體物寫志的特點在《詩經》中較少見，但在屈原、宋玉等人的楚辭作品中，就已經是很明顯的特點。賦體的流變，在中國文學史上也經歷了很長的時間，由楚辭騷賦，

一直至後來的漢賦、駢賦、律賦和文賦等，其中唐宋古文運動影響下的文賦，像蘇軾前後《赤壁賦》等作品，藝術水平極高，是中國文學史上難得佳作。

金庸小說中引用賦體文學的並不多，不過他筆下有兩種重要而生動的武功，名字則都是取用魏晉六朝時的賦體文學，分別是《神鵰俠侶》中楊過的「黯然銷魂掌」和《天龍八部》中段譽的「凌波微步」。這兩種武功是書中主角重要的本事，作者也用了不少筆力來描繪。

「黯然銷魂掌」出自南朝江淹名作《別賦》的第一句：「黯然銷魂者，唯別而已矣。」段譽的「凌波微步」則出自中國文學史上鼎鼎大名的曹植的《洛神賦》。

先說江淹。

江淹，曾歷仕宋、齊、梁三朝，少年時似乎並不得志，在《恨賦》中說「僕本恨人」，但後來官做得不小，而且頗有政績，在梁朝時做到金紫光祿大夫，封醴陵侯。不過他在歷史上的名聲和地位，主要仍是因為文學的原因。他本身是詩人，成就不低，重要作品如《雜體詩三十首》歷來受到很多人的注意和評論。劉熙載《藝概》說他：「江文

通詩，有悽涼日暮、不可如何之意，此詩之多情而人之不濟也。」

詩歌之外，江淹更重要的作品是抒情小賦。《恨賦》和《別賦》都一直受到重視，其中以《別賦》最為著名，開篇先從行者和居者下筆，然後分述富貴者、劍客、游宦者、從軍者和情侶等不同人物的離別情景。全篇辭采雅麗，音節美妙，佳句紛陳，如「春草碧色，春水淥波，送君南浦，傷如之何！至乃秋露如珠，秋月如圭，明月白露，光陰往來，與子之別，思心徘徊」。這是中國文學史上著名的文學段落，歷來深受欣賞推崇。

這篇作品圍繞著「離別」反覆描繪開展，對離別予人的傷痛寫得很深刻：「是以別方不定，別理千名，有別必怨，有怨必盈。」謹列起首一段於下：

> 黯然銷魂者，唯別而已矣！況秦、吳兮絕國，復燕、趙兮千里。或春苔兮始生，乍秋風兮暫起。是以行子腸斷，百感悽惻。風蕭蕭而異響，雲漫漫而奇色。舟凝滯於水濱，車逶遲於山側。棹容與而詎前，馬寒鳴而不息。掩金觴而誰御，橫玉柱而沾軾。居人愁臥，怳若有亡。日下壁而沉彩，月上軒而飛光。見紅蘭之受露，望

> 青楸之罹霜。巡層楹而空掩，撫錦幕而虛涼。知離夢之
> 躑躅，意別魂之飛揚。

起句的「黯然銷魂者，唯別而已矣」乃中國文學史上千古
名句，金庸擷取其意，極度強調「離別」予人的折磨和傷
痛，在《神鵰俠侶》，楊過乃因思念小龍女而創出「黯然
銷魂掌」，立意新巧靈動，又深刻貼近展現人物的情感心
理，實在高手。在書中，作者直接說出這意思：

> 楊過自和小龍女在絕情谷斷腸崖前分手，不久便由神鵰
> 帶著在海潮之中練功，數年之後，除了內功循序漸進之
> 外，別的無可再練，心中整日價思念小龍女，漸漸的形
> 銷骨立，了無生趣。一日在海濱悄然良久，百無聊賴
> 之中隨意拳打腳踢，其時他內功火候已到，一出手竟具
> 極大威力，輕輕一掌，將海灘上一隻大海龜的背殼打
> 得粉碎。他由此深思，創出了一套完整的掌法，出手與
> 尋常武功大異，厲害之處，全在內力，一共是一十七
> 招……他將這套掌法定名為「黯然銷魂掌」，取的是江
> 淹「別賦」中那一句「黯然銷魂者，唯別而已矣」之意。
> （第三十四回）

關於江淹，還有一個很有名的故事，喜歡中國文學的人都

會感到興趣。在《南史》他的本傳裏，記載他「少以文章顯，晚節才思微退」，又說他由宣城太守罷歸，曾夢見張協向他討還一匹錦，郭璞討還一支五色筆，他醒後，就從此再寫不出甚麼好文章。這就是我們日常成語「江郎才盡」的出處。

至於金庸筆下另一種厲害武功，《天龍八部》中段譽的「凌波微步」，這種段譽經常賴以逃生的身形步法，名字也是出自建安時期，曹子建（曹植）名作《洛神賦》的佳句。曹子建是中國文學史上鼎鼎大名的人物，其詩以「骨氣奇高，詞采華茂」的評價，享譽詩史。謝靈運曾說：「天下文才共一石，曹子建獨得八斗。」他不但是建安時期代表人物，寫下許多優秀作品，而且他的詩，特別是五言詩，是影響中國詩歌發展進入唐詩的重要轉折，地位非同小可。

《天龍八部》中的「凌波微步」，是逍遙派的一門極上乘的武功，它的名字出於曹植《洛神賦》：「體迅飛鳧，飄忽若神。凌波微步，羅襪生塵。動無常則，若危若安。進止難期，若往若還。」原意是形容洛神的體態輕盈，能浮動在水波之上。其中「體迅飛鳧，飄忽若神」及「動無常則，若危若安。進止難期，若往若還」，寫仙了體態步履，身

影無定，正可作為這種輕功步法的註解。

文學史上的《洛神賦》，寫作動機一般指是受到宋玉《神女賦》的影響。歷來頗多傳談，說是曹植為感念甄后而作。這首賦前面有很簡短的序言：「黃初三年，余朝京師，還濟洛川，古人有言『斯水之神，名曰宓妃』，感宋玉對楚王神女之事，遂作斯賦。」這說明了寫作時間和動機。關於曹植、曹丕和甄宓的三角戀情，向來在中國的小說戲曲愛情故事流傳甚盛，戲曲《洛神》更是家喻戶曉的劇目，數百年來常在舞台搬演。

賦，是漢代的代表文學。中國文學的賦，一般包含了漢賦和魏晉及以後的抒情小賦。曹植的《洛神賦》和江淹的《別賦》，分別是建安（東漢末年）和梁朝作品，屬於抒情小賦的代表作品。其他重要的作品不少，例如王粲《登樓賦》和陶淵明的《士不遇賦》，都是例子。由漢代到魏晉六朝，賦的發展，無論從篇幅和寫法，改變了不少，最重要是抒情成分的大量增加，甚至取代漢代許多大賦「鋪張揚厲」的寫法，是中國文學的重要變化。

說到曹植，金庸小說中還引用了他另外的一首作品。《射鵰英雄傳》第二十二回，黃藥師誤信了靈智上人一夥說黃

蓉死去，傷心欲絕，用玉簫擊打船舷，唱出悼亡的詩歌。
原文是：

> 黃藥師哭了一陣，舉起玉簫擊打船舷，唱了起來，只聽
> 他唱道：「伊上帝之降命，何修短之難哉？或華髮以終
> 年，或懷妊而逢災。感前哀之未闋，復新殃之重來。方
> 朝華而晚敷，比晨露而先晞。感逝者之不追，情忽忽而
> 失度，天蓋高而無階，懷此恨其誰訴？」拍的一聲，玉
> 簫折為兩截。黃藥師頭也不回，走向船頭。靈智上人搶
> 上前去，雙手一攔，冷笑道：「你又哭又笑、瘋瘋癲癲
> 的鬧些甚麼？」完顏洪烈叫道：「上人，且莫……」一
> 言未畢，只見黃藥師右手伸出，又已抓住了靈智上人頭
> 後的那塊肥肉，轉了半個圈子，將他頭下腳上的倒了轉
> 來，向下擲去，撲的一聲，他一個肥肥的光腦袋已插入
> 船板之中，直沒至肩。原來靈智上人所練武功，頭後是
> 破綻所在，他身形一動，歐陽鋒、周伯通、黃藥師等大
> 高手立時瞧出，是以三人一出手便都攻擊他這弱點，都
> 是一抓即中。黃藥師唱道：「天長地久，人生幾時？先
> 後無覺，從爾有期。」青影一晃，已自躍入來船，轉舵
> 揚帆去了。

《行女哀辭》是曹植為哀悼小女兒行女之死而作。他這女

兒究竟死於何時，歷史上並沒有記載，後世的人都只是作
一些推測。劉勰在《文心雕龍》的〈哀弔〉裏提到：「建
安哀辭，惟偉長差善，《行女》一篇，時有惻怛。」偉長
即徐幹，是建安七子其中之一，如此說來，他也曾經寫過
一篇《行女哀辭》，而且後來劉勰曾經親眼得見。曹植另
有一首《金瓠哀辭》，也是悼念女兒的作品：「金瓠，余
之首女。雖未能言，固已援色知心矣。生十九旬而夭折，
乃作此辭。」所以在《射鵰英雄傳》，金庸也曾借楊康之
口解釋說明：

> 楊康道：「他唱的是三國時候曹子建所做的詩，那曹子
> 建死了女兒，做了兩首哀辭。詩中說，有的人活到頭
> 髮白，有的孩子卻幼小就夭折了，上帝為甚麼這樣不公
> 平？只恨天高沒有梯階，滿心悲恨卻不能上去向上帝
> 哭訴。他最後說，我十分傷心，跟著你來的日子也不遠
> 了。」眾武師都讚：「小王爺是讀書人，學問真好，咱
> 們粗人那裏知曉？」（第二十二回）

《射鵰英雄傳》中的黃藥師，雖然行事怪僻，但大情大
性，是情感激越昂揚的性情中人，因此金庸常借鋪張揚厲
的賦體文學作品，表達描寫其個性情感，特別是面對妻子
早喪，與女兒相依相伴的歲月。除了上面誤以為黃蓉已死

所詠嘆的句子，在第二十六回，當她看到女兒因郭靖說為了守諾言，要娶華箏時候的神情，心中一樣悲痛欲絕：

> 但一望女兒，但見她神色悽苦，卻又顯然是纏綿萬狀、難分難捨之情，心中不禁一寒，這正是他妻子臨死之時臉上的模樣。黃蓉與亡母容貌本極相似，這副情狀當時曾使黃藥師如癡如狂，雖然時隔十五年，每日仍是如在目前，現下斗然間在女兒臉上出現，知她對郭靖已是情根深種，愛之入骨，心想這正是她父母天生任性癡情的性兒，無可化解，當下嘆了一口長氣，吟道：「且夫天地為爐兮，造化為工！陰陽為炭兮，萬物為銅！」黃蓉怔怔站著，淚珠兒緩緩的流了下來。韓寶駒一拉朱聰的衣襟，低聲道：「他唱些甚麼？」朱聰也低聲道：「這是漢朝一個姓賈的人做的文章，說人與萬物在這世上，就如放在一隻大爐子中被熬煉那麼苦惱。」韓寶駒啐道：「他練到那麼大的本事，還有甚麼苦惱？」朱聰搖頭不答。

朱聰在這裏說的「漢朝一個姓賈的人」是賈誼，是西漢初年非常有名的文學家。除了這篇《鵬鳥賦》，也寫過〈過秦論〉等名篇。賈誼在這篇《鵬鳥賦》，以道家思想表達對生死的看法。文章雖流露強烈的看破生死的瀟灑情感，

但細讀全篇，看得出他為懷才不遇而悲憤感傷，也為前途未卜而惆悵擔憂。金庸借取其中幾句，放在這裏，卻也相當應合情境氣氛。

金庸武俠小說中，選用賦體的作品入文不多，但每次多是激烈哀傷，為作品和人物角色都加強了許多情感色彩。

第八章_____回目 對聯 謎語

中國文字「單音獨體」，在世界各民族的文字，非常獨特。這種表音表義俱存的文字，也造就了一種獨有的特色，就是「對仗」。這在中國文學中有悠久的歷史，劉勰《文心雕龍》的〈麗辭〉篇已說：「造化賦形，支體必雙，神理為用，事不孤立。夫心生文辭，運裁百慮，高下相須，自然成對。」中國詩歌的發展過程，特別是近體詩的形成，對仗和聲律是最重要的兩個要素。歐陽修在《新唐書》談到近體詩的演變說：「沈約庾信以音韻相婉附，屬對精密，及之問、沈佺期又加靡麗，回忌聲病，約句準篇，如錦繡成文。」

這是中國文學基本而又重要的美學觀念，用對稱的字句和語意組合而成，具有語言的對稱美，增強表現力度和藝術效果，不但影響中國各體文學的形式和表達，也是世界不同民族語言中，獨有的語言和藝術特色。對仗的出現，與中國傳統文化思想中陰陽的二元對立概念很有關係。葛兆光說：

> 也許，這種「二元」分立的觀念在中國古代詩人那裏積

澱太深，所以不僅語音，連意義結構與句型規範也在
詩人筆下逐漸向著對稱與和諧的美學原則與外形結構靠
攏⋯⋯漢字作為詩歌意象的視覺性、自足性及其對於
語義構成的意義。正因為漢字的這種特質，使中國詩歌
的字詞可以對仗，句形可以和諧。[6]

詩詞之外，中國傳統舊小說中的章回小說都會用上講究對
仗的回目。金庸的武俠小說卻並不多用對仗作回目，這一
方面，可能正是如梁羽生指他的「洋才子」特點，另一方
面，與梁羽生和百劍堂主等武俠小說作家相比，金庸出眾
的才華和文學天分，似並不在這方面，金庸自己是知道和
承認的，他在《三劍樓隨筆》的〈也談對聯〉一文說：

我寫《書劍恩仇錄》、《碧血劍》，回目全不考究，信手
揮寫，不去調平仄，所以稱不上對聯，只是一個題目而
已。梁羽生兄甚稱賞我「盈盈紅燭三生約，霍霍青霜萬
里行」兩句（上句寫徐天宏與周綺婚事，下句寫李沅芷
仗劍追趕余魚同），但比之百劍堂主的每回皆工，那是
頗為不及了。

6.　葛兆光：《漢字的魔方：中國古典詩歌語言學的札記》（香港：中華書局〔香
　　港〕有限公司，1989年），頁141。

對於寫舊詩詞，金庸自知而且向來謙虛，即使到了最後
一次修訂作品，他在二〇〇三年七月修訂《倚天屠龍記》
後，仍然說：

> 本書的回目是模仿柏梁體一韻到底的七言詩四十句，古
> 體詩的平仄與近體詩不同，不可入律。我不擅詩詞，古
> 體詩寫起來加倍困難，就當作是一次對詩詞的學習了。
> 困難之點在於沒有「古氣」。

梁羽生寫〈金庸梁羽生合論〉時就說此非金庸所長：

> 金庸很少用回目，《書劍》中他每一回用七字句似是「聯
> 語」的「回目」，看得出他是以上一回與下一回作對的。
> 偶而有一兩聯過得去，但大體說來，經常是連平仄也不
> 合的。就以《書劍》第一二回湊成的回目為例，「古道
> 駿馬驚白髮，險峽神駝飛翠翎」，「古道」、「險峽」都
> 是仄聲，已是犯了對聯的基本規定了。《碧血劍》的回
> 目更差，不舉例了。大約金庸也發現作回目非其所長，
> 《碧血劍》以後諸作，就沒有再用回目，而用新式的
> 標題。

雖然這樣，除了不用「回目」而用「標題」，在金庸的全

部武俠小說中，對聯仍時有出現。其中《天龍八部》第四十七回，寫段譽為對聯填上漏去的字：

> 段譽見兩條柱子上雕刻著一副對聯，上聯是：「春溝水動茶花（　　）」，下聯是：「夏谷（　　）生荔枝紅」。每一句聯語中都缺了一字。轉過身來，見朱丹臣已扯下另外兩條柱上所包的草席，露出柱上刻著的一副對聯：「青裙玉（　　）如相識，九（　　）茶花滿路開」。
>
> 段譽道：「我一路填字到此，是禍是福，那也不去說他。他們在柱上包了草席，顯是不想讓我見到對聯，咱們總之是反其道而行，且看對方到底有何計較。」當即伸手出去，但聽得嗤嗤聲響，已在對聯的「花」字下寫了個「白」字，在「谷」字下寫了個「雲」字，變成「春溝水動茶花白，夏谷雲生荔枝紅」一副完全的對聯。他內力深厚，指力到處，木屑紛紛而落。鍾靈拍手笑道：「早知如此，你用手指在木頭上劃幾劃，就有了木屑，卻不用咱們忙了這一陣子啦。」
>
> 只見他又在那邊填上了缺字，口中低吟：「青裙玉面如相識，九月茶花滿路開。」一面搖頭擺腦的吟詩，一面斜眼瞧著王語嫣。王語嫣俏臉生霞，將頭轉了開去。

這裏的詩句對仗工整，卻也不是金庸原作。「春溝水動茶

花白，夏谷雲生荔枝紅」，出自宋代晁沖之《送惠純上人遊閩》一詩；「青裙玉面如相識，九月茶花滿路開」，則也是宋代陳與義《簡齋集》《初識茶花》的詩句。

金庸在《三劍樓隨筆》寫過〈也談對聯〉一文，其實可以看出他在這方面既有興趣，也有相當的認識。金庸小說中出現的對聯，許多時仍是服務於作品，點綴或幫助表現主人情性或者地方環境的氣氛情調。最好的例子是《射鵰英雄傳》第十八回，金庸借郭靖一路走來所見，來描寫桃花島的超塵絕俗，當中引用了對聯：

> 竹林內有座竹枝搭成的涼亭，亭上橫額在月光下看得分明，是「積翠亭」三字。兩旁懸著副對聯，正是「桃花影裏飛神劍，碧海潮生按玉簫」那兩句。亭中放著竹枱竹椅，全是多年之物，用得潤了，月光下現出淡淡黃光。竹亭之側並肩生著兩棵大松樹，枝幹虯盤，只怕已是數百年的古樹。蒼松翠竹，清幽無比。

之前在第十回，黃蓉初見梅超風，就曾唸出這副對聯：

> 「桃花影落飛神劍，碧海潮生按玉簫」兩句，是她桃花島試劍亭中的一副對聯，其中包含著黃藥師的兩門得意

武功，凡桃花島弟子是無人不知的。

順帶一提的是，在舊版的《射鵰英雄傳》中，郭靖在積翠亭前，看到的這一副對聯，寫的原是「綺羅堆裏埋神劍，簫鼓聲中老客星」。金庸在後來的修訂本中換成此聯，原因在原詩是清初吳綺的作品，時代在《射鵰英雄傳》的南宋末之後，相信金庸為免再惹來時序顛倒的批評，於是自己另撰一聯。比較新舊兩聯，從黃藥師狂狷飛揚的人物性格形象來看，此一更換，似乎更為適當。只是黃藥師狂傲背後的那一份孤獨寂寞，不為人知的內心世界，就表達不出來，難怪吳宏一在〈金庸小說中的舊詩詞〉中認為「新不如舊」：

> 桃花島上積翠亭旁的對聯，原本的「綺羅堆裏埋神劍，簫鼓聲中老客星」，寫的是落拓情懷，有倩翠袖愠英雄淚的感慨，有金劍沉埋、壯氣蒿萊的悲愴，和重在寫景的「桃花影裏（落）飛神劍，碧海潮生按玉簫」比起來，後者雖然和桃花島的環境扣得更緊，但寫得太飄逸了，像是描寫超然物我的世外高人，而非有點落拓文士模樣的東邪黃藥師。因此，就這一副對聯來說，不必諱言，我以為「新不如舊」。

另外如《書劍恩仇錄》寫乾隆的自滿自大，也利用了一副
他自己撰寫、自比漢皇的對聯：

> 陳家洛見對面壁上掛著一幅仇十洲繪的漢宮春曉圖，工
> 筆庭院，人物意態如生，旁邊是乾隆所寫的一副對聯：
> 「企聖效王雖勵志，日孜月砥祇慚神」，隱然有自比漢
> 皇之意。乾隆見他在看自己所寫的字，笑問：「怎樣？」
> 陳家洛道：「皇上胸襟開廓，自是神武天子氣象。將來
> 大業告成，則漢驅暴秦，明逐元虜，都不及皇上德配天
> 地、功垂萬代。」乾隆聽他歌功頌德，不禁怡然自得，
> 撚鬚微笑，陶醉了一陣……（第十九回）

金庸似乎對乾隆無甚好感，陳家洛誤信他真會恢復漢人天
下，種下後來和香香公主的愛情悲劇，乾隆的可惡，令人
生厭，此處表現深刻，這副對聯也起了一點作用。至於像
倪匡把《白馬嘯西風》引用了王維的「白首相知猶按劍，
朱門早達笑彈冠」的一聯，認為是此書的主題，就更加可
見這些運用在金庸小說中的重要性了。

利用對聯來展現人物才情，金庸作品中予人最深印象的當
然是《射鵰英雄傳》第三十回〈一燈大師〉中，朱子柳和
黃蓉對對聯的一段，而且用了相當長的篇幅：

那書生揮扇指著一排棕櫚道：「風擺棕櫚，千手佛搖摺
疊扇。」這上聯既是即景，又隱然自抬身份。

黃蓉心道：「我若單以事物相對，不含雙關之義，未擅
勝場。」遊目四顧，只見對面平地上有一座小小寺院，
廟前有一個荷塘，此時七月將盡，高山早寒，荷葉已然
凋了大半，心中一動，笑道：「對子是有了，只是得罪
大叔，說來不便。」那書生道：「但說不妨。」黃蓉道：
「你可不許生氣。」那書生道：「自然不氣。」黃蓉指著
他頭上戴的逍遙巾道：「好，我的下聯是：『霜凋荷葉，
獨腳鬼戴逍遙巾』。」

這下聯一說，那書生哈哈大笑，說道：「妙極，妙極！
不但對仗工整，而且敏捷之至。」郭靖見那蓮梗撐著一
片枯凋的荷葉，果然像是個獨腳鬼戴了一頂逍遙巾，也
不禁笑了起來。黃蓉笑道：「別笑，別笑，一摔下去，
咱倆可成了兩個不戴逍遙巾的小鬼啦！」那書生心想：
「尋常對子是定然難不倒她的了，我可得出個絕對。」
猛然想起少年時在塾中讀書之時，老師曾說過一個絕
對，數十年來無人能對得工整，說不得，只好難她一
難，於是說道：「我還有一聯，請小姑娘對個下聯：『琴
瑟琵琶，八大王一般頭面』。」黃蓉聽了，心中大喜：
「琴瑟琵琶四字中共有八個王字，原是十分難對。只可
惜這是一個老對，不是你自己想出來的。爹爹當年在桃

花島上閒著無事，早就對出來了。我且裝作好生為難，
逗他一逗。」於是皺起了眉頭，作出愁眉苦臉之狀。那
書生見難倒了她，甚是得意，只怕黃蓉反過來問他，於
是說在頭裏：「這一聯本來極難，我也對不工穩。不過
咱們話說在先，小姑娘既然對不出，只好請回了。」
黃蓉笑道：「若說要對此對，卻有何難？只是適才一聯
已得罪了大叔，現下這一聯是一口氣要得罪漁樵耕讀
四位，是以說不出口。」那書生不信，心道：「你能對
出已是千難萬難，豈能同時又嘲諷我師兄弟四人？」說
道：「但求對得工整，取笑又有何妨？」黃蓉笑道：「既
然如此，我告罪在先，這下聯是：『魑魅魍魎，四小鬼
各自肚腸』。」

這兩副對聯也不是金庸自己的創作。陳志明箋註的《金庸
筆下的文史典故》指出「風擺棕櫚」和「琴瑟琵琶」兩聯
都是出自《古今笑》的〈談資部〉。[7] 雖然這些巧妙工整的
對聯並不是金庸原創，但在這裏移用，不但恰當地配合
郭、黃所遇的人物與情境，而且自然得毫無斧鑿痕跡。
「四小鬼」既符合原句各字的形構，又能暗指「漁樵耕讀」
四大弟子，實在是神來之筆。最重要是大大有助描寫黃蓉

---

7. 見陳志明箋註：《金庸筆下的文史典故》（北京：東方出版社，2007年），頁
   172。

的聰穎與才華，是相當恰當的移用。這些妙聯巧對雖非金庸原創，但當中可見他點撥調度典故逸聞的功力，所以田曉菲稱讚：

> 其實書生所出的考題和黃蓉的應答，以及黃蓉對《論語》的辨析、對《孟子》的駁斥，都是中國古時流傳的掌故，被馮夢龍收集在《古今譚概》（又名《古今笑史》或《古今笑》）裏的，但是因為問答內容「即景生情」，而且十分符合人物的個性，所以讀來格外好看⋯⋯幾個對聯、詩謎、掌故本來各不相關，現在卻被嵌在一個具體的情景之中，而且如此貼切，其效果不啻於重建破碎的七寶樓台。[8]

後面寫朱子柳的反應，整個段落很完整，也切合情境：

> 那書生大驚，站起身來，長袖一揮，向黃蓉一揖到地，說道：「在下拜服。」
> 黃蓉回了一禮，笑道：「若不是四位各逞心機要阻我們

---

8. 田曉菲：〈反諷的消解〉，收於科羅拉多大學東亞語言文學系主編：《金庸小說與二十世紀中國文學國際學術研討會論文集》（香港：明河社出版有限公司），頁 255。

上山，這下聯原也難想。」（第三十回）

金庸讀書廣博，點撥騰挪材料典故與自己小說的技巧高明睿智，這一段情節是很好的例子。這一節前面還有朱子柳以詩句出謎語，讓黃蓉猜猜自己的出身，出處和上面兩聯一樣，作用和趣味也一樣：

> 「我這裏有一首詩，說的是在下出身來歷，打四個字兒，你倒猜猜看。」黃蓉道：「好啊，猜謎兒，這倒有趣，請唸罷！」那書生撚鬚吟道：「六經蘊籍胸中久，一劍十年磨在手……」黃蓉伸了伸舌頭，說道：「文武全才，可了不起！」那書生一笑接吟：「杏花頭上一枝橫，恐泄天機莫露口。一點纍纍大如斗，掩卻半牀無所有。完名直待掛冠歸，本來面目君知否？」黃蓉心道：「『完名直待掛冠歸，本來面目君知否？』瞧你這等模樣，必是段皇爺當年朝中大臣，隨他掛冠離朝，歸隱山林，這又有何難猜？」便道：「『六』字下面一個『一』、一個『十』，是個『辛』字。『杏』字上加橫、下去『口』，是個『未』字。半個『牀』字加『大』加一點，是個『狀』字。『完』掛冠，是個『元』字。辛未狀元，失敬失敬，原來是位辛未科的狀元爺。」（第三十回）

金庸在《三劍樓隨筆》也寫過一篇〈談謎語〉，說曾為一些影片創作過一些謎語，不過綜觀金庸武俠小說，這種文字遊戲不算很多，或者這是受到西方小說的影響下，少了傳統章回話本等小說般，夾入大量民間或正統詩文以外的通俗文學的影響吧！同時，在金庸的成功和作品廣受肯定情況下，亦影響了金庸及其他武俠小說的形式，像吳宏一在〈金庸小說中的舊詩詞〉一文所說：

> 古龍及六十年代以後大多數的港台武俠小說作家，通常強調的是人物的情感與個性，而非武功本身，他們通常不用聯句回目，不多運用舊詩詞，甚至不再注意故事與歷史的結合，無朝代可記的作品多的是，而這個轉變，金庸是一大關鍵。更明確地說，自從金庸的《射鵰英雄傳》等書不用舊回目，改用新形式而獲得讀者熱烈的響應之後，後來的作者可能是避難而趨易，也可能是迎合時代的潮流，多已捨舊而用新了。

如果吳氏所言是對的，那金庸不但作品成就高，而且影響著其他小說作家的寫作方法和形式，對傳統小說融合現代文學表達，推動發展，產生正面的影響。回目的運用，或許正是例子。

第九章　　　　　武功　兵器　神駒
靈猴　畫眉　丫環

除了文學體裁類別之外，金庸武俠小說中，還出現了不少中國文學作品中常見的文學意象人物和藝術文化精神，各有特點和值得重視的地方，著意分析，可以幫助讀者對金庸小說裏中國文學的理解和認識。在上卷的最後一章，擷取一些，和讀者分享。

武功　兵器

作為武俠小說，難免出現許多對武功的描寫。金庸小說中的武功，不少緊扣著中國文學或文化來設計，像《天龍八部》的「函谷八友」、《笑傲江湖》的「梅莊四友」，都將自己的武功結合著琴棋書畫等。另外，如《天龍八部》中，慕容復武學中的「以彼之道，還施彼身」，即朱熹解釋《中庸》所提出的「以其人之道還治其人之身」的說法，原文是他解釋《中庸》「道不遠人。人之為道而遠人，不可以為道」和「執柯以伐柯，睨而視之，猶以為遠。故君子以人治人，改而止」等章句的說法：

言人執柯伐木以為柯者，彼柯長短之法，在此柯耳。然
猶有彼此之別，故伐者視之猶以為遠也。若以人治人，
則所以為人之道，各在當人之身，初無彼此之別。故君
子之治人也，即以其人之道，還治其人之身。其人能
改，即止不治。(《中庸集註》第十三章)

金庸小說中，一些武功又能結合或突出人物性格形象或思
想感情，都是非常獨特而成功，給讀者留下深刻印象。例
如楊過的「黯然銷魂掌」，洪七公的「打狗棒法」，張翠
山的「鐵劃銀鈎」，謝遜的「獅吼功」，周伯通的「雙手
互搏」，黃藥師的「玉簫劍法」、「彈指神通」，風清揚的
「獨孤九劍」，張三丰的「太極拳劍」，都是人物的性格特
點和所使用的武功緊緊結合，例子不勝枚舉。

金庸本人不精於武術，所以他在小說寫到的武功，更多是
從文學、文化角度來聯想比附，反而很少會貨真價實地從
武學角度來設計。小說的武功名稱與設計的由來和思考，
在他回應林以亮（宋淇）提問時，讓我們明白：

關於武術的書籍，我是稍微看過一些。其中有圖解，也
有文字說明。譬如寫到關於拳術的，我也會參考一些有
關拳術的書，看看那些動作，自己發揮一下。但這只是

> 少數。大多數小說裏面的招式，都是我自己想出來的。
> 看看當時角色需要一個甚麼樣的動作，就在成語裏面，
> 或者詩詞與四書五經裏面，找一個適合的句子來做那招
> 式的名字。有時找不到適合的，就自己作四個字配上
> 去。總之那招式的名字，必須形象化，就可以了。中國
> 武術一般的招式，總是形象化的，就是你根據那名字，
> 可以大致把動作想像出來。

所以金庸小說中的武功招式，常與文學或古書結合，或取材，或借其意。

兵器中最常用的是刀劍。

中國的兵器以劍為尊，有「兵器之王」的稱法。在金庸小說中，也出現了不少寶劍，例如《倚天屠龍記》的倚天劍，《神鵰俠侶》的玄鐵寶劍、君子劍、淑女劍，《書劍恩仇錄》的凝碧劍，就是《鹿鼎記》中，韋小寶也有一把防身法寶的玄鐵匕首。《越女劍》中，更有一大段描寫薛燭和勾踐、范蠡談論鑄寶劍的情節。

金庸小說寫到的所有寶劍中，當然以倚天劍最著名、最重要，不但和屠龍刀是小說取名的依據，在劇中，一刀一

劍，貫串起全劇許多的故事情節，可以毫無疑問地説，是金庸小説中最重要和厲害的兵器。屠龍刀名字似無所本，但形象鮮明突出，甚至比起直接作為小説名字的《鴛鴦刀》，名聲和藝術感染力大得多。《鴛鴦刀》中的「鴛鴦刀」，一樣背負著絕世武功的秘密，不過這一部「趣中有趣曲中有曲」（陳墨語）的小説，到故事最後揭開鴛鴦刀內武功秘密時，金庸卻和讀者開了一個玩笑：天下最厲害的武學就是「仁者無敵」四個字。其他金庸小説中的「血刀大法」的血刀、「胡家刀法」的胡家寶刀（胡斐在《飛狐外傳》結尾得苗夫人提示，取得寶刀敗退田歸農）等，都算不上特別強調和描寫的兵器，只有倚天劍和屠龍刀，力度千鈞，在各小説中最受讀者重視，成為金庸小説中非常重要的「器物」。

靈性動物

武俠小説描寫的是江湖草野的故事，自然出現不少「鳥獸花木」。奇禽異獸，在古代志怪筆記中亦有之，即使比金庸早出道的還珠樓主等武俠小説名家，也會在作品中寫上。只是金庸武俠小説中出現的靈異動物，不單會成為小説名稱的一部分，更重要是並非孤立於作品之外，只為增加趣味而一味述異新奇，而是形象鮮明，融入故事情節和

人物關係結構，有時甚至成為小說重要的「角色」，單是這一點，金庸武俠小說就比其他武俠小說作家勝上一籌。例如《射鵰英雄傳》、《神鵰俠侶》、《白馬嘯西風》、《雪山飛狐》、《飛狐外傳》和《鹿鼎記》等，都可找到例子。

各種動物中，「鵰」，自然最為讀者留意，因為牠們與小說中的故事扣得最緊密。金庸似乎對這種動物也有所考究，曾指出：

> 神鵰這種怪鳥，現實世界中是沒有的。非洲馬達加斯加島有一種「象鳥」（Aepyornistitan），身高十呎餘，體重一千餘磅，是世上最大的鳥類，在公元一六六〇年前後絕種。象鳥腿極粗，身體太重，不能飛翔。象鳥蛋比鴕鳥蛋大六倍。我在紐約博物館中見過象鳥蛋的化石，比一張小茶几的几面還大些。但這種鳥類相信智力一定甚低。（《神鵰俠侶》〈後記〉）

在《射鵰英雄傳》和《神鵰俠侶》這兩部小說，鵰，簡直就是一個角色，特別是在《神鵰俠侶》中，楊過與鵰稱兄道弟，一起闖蕩江湖，行俠仗義。《神鵰俠侶》中，雌鵰為雄鵰殉情而死，都是令讀者印象深刻的情節安排。

鵰之外，中國古典小說中，勇猛將軍總在胯下有駿馬，金庸小說在這方面也常有照顧處理。靈駒駿馬，在中國史傳和小說中，常有出現，《鹿鼎記》第二十回，韋小寶就曾說：「騎馬的英雄可多得很，關雲長騎赤兔馬，秦叔寶騎黃驃馬。」秦叔寶是秦瓊，「秦瓊賣馬」，是《隋唐演義》中非常著名而精彩的一回，喜歡讀中國章回小說的人都認識：

> 馬卻不肯出門，徑曉得主人要賣他的意思。馬便如何曉得賣他呢？此龍駒神馬，乃是靈獸，曉得才交五更。若是回家，就是三更天也鞴鞍轡、捎行李了。牽棧馬出門，除非是飲水齩青，沒有五更天牽他飲水的理。馬把兩隻前腿蹬定這門檻，兩隻後腿倒坐將下去。若論叔寶氣力，不要說這病馬，就是猛虎，也拖出去了。因見那馬尪瘦得緊，不忍加勇力去扯他，只是調息綿綿的喚。王小二卻是狠心的人，見那馬不肯出門，拿起一根門閂來，照那瘦馬的後腿上，兩三門閂，打得那馬護疼撲地跳將出去……叔寶牽著馬在市裏，顛倒走了幾回，問也沒人問一聲，對馬嘆道：「馬，你在山東捕盜時，何等精壯！怎麼今日就垂頭喪氣到這般光景！叫我怎麼怨你，我是何等的人？為少了幾兩店帳，也弄得垂頭喪氣，何況於你！」（《隋唐演義》第八回）

以馬襯托人物形象，秦瓊英雄無敵，卻遇上窮途失路的氣喪悲哀，在這荒村小店「賣馬」的一節，寫得淋漓盡致。這樣的靈駒，在古典小說中時有出現，成為著名的情節，例如《三國演義》的「馬躍檀溪」故事：

> 卻說玄德撞出西門，行無數里，前有大溪，攔住去路。那檀溪闊數丈，水通襄江，其波甚緊。玄德到溪邊，見不可渡，勒馬再回，遙望城西塵頭大起，追兵將至。玄德曰：「今番死矣！」遂回馬到溪邊。回頭看時，追兵已近。玄德著慌，縱馬下溪。行不數步，馬前蹄忽陷，浸濕衣袍。玄德乃加鞭大呼曰：「的盧，的盧！今日妨吾！」言畢，那馬忽從水中湧身而起，一躍三丈，飛上西岸。玄德如從雲霧中起。（《三國演義》第三十四回）

「馬躍檀溪」這情節在金庸的《神鵰俠侶》也有引用到，而且藉著此馬，說出了「即善即惡」的正邪道理：

> 二人縱馬城西，見有一條小溪橫出山下。郭靖道：「這條溪水雖小，卻是大大有名，名叫檀溪。」楊過「啊」了一聲，道：「我聽人說過三國故事，劉皇叔躍馬過檀溪，原來這溪水便在此處。」郭靖道：「劉備當年所乘之馬，名叫的盧，相馬者說能妨主，那知這的盧竟

躍過溪水，逃脫追兵，救了劉皇叔的性命。」說到此
處，不禁想起了楊過之父楊康，喟然嘆道：「其實世人
也均與這的盧馬一般，為善即善，為惡即惡，好人惡人
又哪裏有一定的？分別只在心中一念之差而已。」（第
二十一回）

他不知此馬乃郭靖在蒙古大漠所得的汗血寶馬，當年是
小紅馬，此時馬齒已增，算來已入暮年，但神物畢竟不
同凡馬，年歲雖老，仍是筋骨強壯，腳力雄健，不減壯
時。（第十回）

除了《射鵰英雄傳》的小紅馬，《俠客行》開首即出現石
清夫婦「烏雲蓋雪」和「墨蹄玉兔」兩匹駿駒。金庸筆下
還有兩匹重要的白馬，首先是《書劍恩仇錄》中駱冰從韓
文沖處搶來的白馬，不但在書的後半部曾救陳家洛、霍青
桐和香香公主三人於狼群追噬之中，到了《飛狐外傳》仍
然出場，而且成為重要的「角色」。故事開始，駱冰交託
袁紫衣要贈送胡斐這白馬，自此，這匹白馬就像貫穿全
書，經常成為兩人相遇相聚的憑證，最後送別的一場，仍
然起著這樣的作用：

胡斐追將上去，牽過駱冰所贈的白馬，說道：「你騎了
這馬去吧。你身上有傷，還是……還是……」圓性搖

> 搖頭，縱馬便行。胡斐望著她的背影，那八句佛偈，在
> 耳際心頭不住盤旋。他身旁那匹白馬望著圓性漸行漸
> 遠，不由得縱聲悲嘶，不明白這位舊主人為甚麼竟不轉
> 過頭來。（第二十章）

最具代表性的當然是《白馬嘯西風》中的白馬，不但緊扣
書名，而且貫穿全書，成為極其重要的首尾呼應的意象。
一開場，就是描寫「白馬李三」夫妻騎著白馬，逃避仇家
的追殺而進入，白馬既神駿，又有靈性：

> 白馬似乎知道這是主人的生死關頭，不用催打，竟自不
> 顧性命的奮力奔跑……（李文秀）她一整日不飲不食，
> 在大沙漠的烈日下曬得口唇都焦了。白馬甚有靈性，知
> 道後面追來的敵人將不利於小主人，迎著血也似紅的夕
> 陽，奮力奔跑。突然之間，前足提起，長嘶一聲，它嗅
> 到了一股特異的氣息，嘶聲中隱隱有恐怖之意。

到了書的結尾，女主角李文秀要回中原，多年之後，白馬
已經老了，但當日馱著小女孩來，最後亦帶她離開。可以
說，這白馬雖非人類，故事的開始和結尾，金庸都借牠襯
托著女主人公文秀，活命逃難到相伴相依，白馬雖未曾發
言，但卻是整個故事中非常重要的角色：

> 白馬帶著她一步步的回到中原。白馬已經老了，只能慢
> 慢的走，但終於是能回到中原的。

除了靈駒，金庸小說中也常出現猿猴這種動物，而且既具
靈性，也常成為推動故事重要情節的元素。中國文學中出
現猿猴，其來有自，最典型是唐代《補江總白猿記》，這
是一個受六朝志怪影響很深的短篇小說，魯迅將之收入
《唐宋傳奇集》。這唐代傳奇作品的作者不詳。一般認為
是唐前期作品。故事寫梁朝末年歐陽紇率軍南征，妻為白
猿精劫走。歐陽紇率兵入山，雖殺白猿，但妻已孕，後更
生一子，狀貌如猿猴。後世研究此故事的人多認為是時人
諷刺歐陽詢的影射之作。

事實上，以小說攻擊異己，常見於唐初，此小說即為一
例。魏晉以來流傳許多猿猴盜取婦女的傳說，後世文學
中，白猿亦常是鮮明獨特的形象。像宋人話本《陳巡檢梅
嶺失妻記》和一些明清小說中，時有出現，即一般視為
《西遊記》前身的《大唐三藏取經詩話》中，孫悟空曾化
身為白衣秀才與唐僧相遇，後來學者多據此推測其原身是
一隻白猿。總之，猿猴或白猿，在中國小說中時有出現，
不過一般未必與金庸筆下的善良有靈性一樣。

金庸筆下的猿猴，在現實世界不但真實存在，而且也是
中國文學作品中常見的動物。《倚天屠龍記》的張無忌，
就與猿猴很有淵源。最初版寫他在冰火島原有一隻「玉
面火猴」，所以後來稍稍長大後的張無忌，容易與它們親
近，並在猿猴肚中得到《九陽真經》，才能成就後來絕頂
武功。書中寫他和猿猴相處的情節，除了得到武功秘笈之
外，也塑造描畫了張無忌宅心仁厚的性格。他困在山谷，
每天採果子而吃，還為朱長齡採摘養活了他，看見羊兒柔
順可愛，寧願放棄美食，不願傷害。為小猴接骨傷，引來
大白猴也來求治，張無忌慈悲仁厚，為它剖腹醫治，結果
因緣際會取得《九陽真經》，無論是人或猴，情節都服務
於角色性格。這隻白猴在金庸筆下很有靈性：

> 略一沉思，舉起一塊岩石，奮力擲在另一塊岩石之上，
> 從碎石中揀了一片有鋒銳棱角的，慢慢割開白猿肚腹上
> 縫補過之處。那白猿年紀已是極老，頗具靈性，知道張
> 無忌給牠治病，雖然腹上劇痛，竟強行忍住，一動也不
> 動。（第十六回）

在其他金庸小說中，靈猴不但出現，而且還會教導主角武
功，例子是《越女劍》。書中范蠡問她誰是她劍術師父：

阿青睜著一雙明澈的大眼，道：「甚麼劍術？我沒有師父啊。」范蠡道：「你用一根竹棒戳瞎了八個壞人的眼睛，這本事就是劍術了，那是誰教你的？」……

阿青道：「本來是不會的，我十三歲那年，白公公來騎羊兒玩，我不許他騎，……他也拿了根竹棒來打我，我就和他對打。起初他總是打到我，我打不著他。我們天天這樣打著玩，近來我總是打到他，戳得他很痛，他可戳我不到。他也不大來跟我玩了。」

突然之間，頦下微微一痛，阿青已拔下了他一根鬍子，只聽得她在格格嬌笑，驀地裏笑聲中斷，聽得她喝道：「你又來了！」

綠影閃動，阿青已激射而出，只見一團綠影、一團白影已迅捷無倫的纏鬥在一起。范蠡大喜：「白公公到了！」眼見兩人鬥得一會，身法漸漸緩了下來，他忍不住「啊」的一聲叫了出來。和阿青相鬥的竟然不是人，而是一頭白猿。

不過，這不是金庸原創的情節，白猿教越女劍術，在《吳越春秋》裏已有記載：

處女將北見於王，道逢一翁，自稱曰袁公。問於處女：「吾聞子善劍，願一見之。」女曰：「妾不敢有所隱，惟

公試之。」於是袁公即拔箖箊竹，竹枝上枯槁，末折墜
地，女即捷末。袁公操其本而刺處女。處女應即入之，
三入，因舉杖擊袁公。袁公則飛上樹，變為白猿。遂別
去。（〈勾踐陰謀外傳〉勾踐十三年）

另外，《碧血劍》中，袁承志用武功制服了兩頭猩猩，成
為了好朋友，還給它們改名作「大威」和「小乖」，非常
親近。兩頭猩猩也是一樣極具靈性，到了書的第十九回，
袁承志與眾人回到華山，還是靠牠們指點提醒，才能避過
劫難和救回青青。

畫眉 慧婢

金庸小說的男主角多是有艷福之人，除了會有許多佳人青
睞心許，亦有如陳家洛和蕭峰般痛失愛侶，但大多數到最
後都能得到美滿良緣。其中寫「畫眉之樂」和一些慧婢，
都是中國文學常見，而又獨特於其他國家的文學，本書既
是談金庸小說的中國文學，補一筆，讓讀者細品金庸小說
中更多的中國文學情味。

《倚天屠龍記》的結尾寫得很好：

趙敏見張無忌寫完給楊逍的書信，手中毛筆尚未放下，神色間頗是不樂，便道：「無忌哥哥，你曾答允我做三件事，第一件是替我借屠龍刀，第二件是當日在濠州不得與周姊姊成禮，這兩件你已經做了。還有第三件事呢，你可不能言而無信。」張無忌吃了一驚，道：「你……你……你又有甚麼古靈精怪的事要我做……」趙敏嫣然一笑，說道：「我的眉毛太淡，你給我畫一畫。這可不違反武林中俠義之道罷？」張無忌提起筆來，笑道：「從今而後，我天天給你畫眉。」

忽聽得窗外有人格格輕笑，說道：「無忌哥哥，你可也曾答允了我做一件事啊。」正是周芷若的聲音。張無忌凝神寫信，竟不知她何時來到窗外。窗子緩緩推開，周芷若一張俏臉似笑非笑的現在燭光之下。張無忌驚道：「你……你又要叫我作甚麼了？」周芷若微笑道：「這時候我還想不到。哪一日你要和趙家妹子拜堂成親，只怕我便想到了。」張無忌回頭向趙敏瞧了一眼，又回頭向周芷若瞧了一眼，霎時之間百感交集，也不知是喜是憂，手一顫，一枝筆掉在桌上。(第四十回)

畫眉是古代男女情人或夫妻的恩愛表現，典故出自《漢書》卷七十六中記載張敞的韻事：

敞為京兆，朝廷每有大議，引古今，處便宜，公卿皆
服，天子數從之。然敞無威儀，時罷朝會，過走馬章台
街，使御吏驅，自以便面拊馬。又為婦畫眉，長安中傳
張京兆眉憮。有司以奏敞。上問之，對曰：「臣聞閨房
之內，夫婦之私，有過於畫眉者。」上愛其能，弗備責
也。然終不得大位。

自此之後，畫眉就是夫妻恩愛，丈夫體貼愛惜妻子的象
徵，是中國文學中常用的典故。例如唐詩宋詞中都會見有
引用：

洞房昨夜停紅燭，待曉堂前拜舅姑。妝罷低聲問夫婿，
畫眉深淺入時無？（唐代朱慶餘《近試上張水部》）
鳳髻金泥帶，龍紋玉掌梳。走來窗下笑相扶，愛道畫眉
深淺入時無。（宋代歐陽修《南歌子》〔節錄〕）

不獨詩詞，即在小說也會提及，以比喻夫妻恩愛情深。像
《醒世恆言》卷十五〈赫大卿遺恨鴛鴦絛〉，就有：「假如
張敞畫眉，相如病渴，雖為儒者所譏，然夫婦之情，人倫
之本，此謂之正色。」金庸把「畫眉」作趙敏要張無忌做
的「第三件事」，真是情味俱佳，令這段飽經劫難，最後
修成正果，遠離鬥爭仇殺的美好姻緣，點染得更加動人。

比起《鹿鼎記》第二十回中，神龍教主洪安通與夫人調笑掉書袋，嚷著要為她畫眉，不可同日而語。

至於丫環婢女，是中國文學作品，特別是小說戲劇中比較特別的人物形象類型。相比於西方小說和戲劇，只有中國文學中，出現了許多成功而令人印象深刻的婢女藝術形象。其中《西廂記》的紅娘，不但是中國戲曲史上成功的藝術形象，甚至成為中國文化的共同概念，融入生活語言，成為「媒人」的代詞。早有學者指出過這種分別：

> 在西歐戲劇中，即使是在莎士比亞的戲劇裏，包括婢女在內的家人僕役，扮演的往往只是個情節性人物，他們或穿針引線，或插科打諢，在戲劇的矛盾衝突既不佔重要地位，在人格上也往往被戲謔嘲弄。也就是說，他們只是戲劇的調味品和潤滑劑，承擔的僅僅是調節、平衡戲劇氣氛的平庸角色而已。[9]

這種重要的婢女角色，在後來的白話小說中，得到更多的發揮，其中最成功、最具藝術感染力的，當然首推曹雪芹的《紅樓夢》。

9.　奚海：《元雜劇論》（石家莊：河北教育出版社，2003 年），頁 251。

《紅樓夢》一書中，婢女如襲人、晴雯、紫鵑等，無一不是聰穎靈巧、善解人意的可愛角色，而且對主人忠心而體貼，主人喜歡她們，讀者也一樣喜歡她們。另外，如《俠客行》的侍劍，也是這類形象，特別值得注意的是《書劍恩仇錄》中，寫陳家洛回老家的一段情節，寫他重遇昔日的婢女，感覺就與《紅樓夢》非常接近。金庸自己曾坦言這段處理方法抄自《紅樓夢》，金庸自小生在富貴家庭，家中本就有婢僕服侍，他與他們一起生活，甚至有些一起長大，因此關係十分親近。他自說《連城訣》的故事是小時聽家中長工的親身遭遇而啟發，封筆多年，在二十一世紀執筆寫的自傳式短篇小說《月雲》，廣受注意，惹來很多討論，說的正是小時家中的丫環──月雲。可見他與家中下人，關係親近，與婢女丫環的情感更是獨特深厚，所以筆下寫來自是不同。

在金庸小說中，我們見到不少這種「慧婢」的人物，而且往往與男主角產生深厚的感情，甚或是愛情像阿朱就成為喬峰一生的最愛。其中最具代表性，當推《倚天屠龍記》的小昭和《鹿鼎記》的雙兒。她們不但是重要的人物角色，關係重要的情節，而且與主角張無忌和韋小寶都有深厚情感，是他們心中至為疼愛和珍惜的人物。金庸在一九七七午為《倚天屠龍記》寫的〈後記〉說：「我自

己心中，最愛小昭。只可惜不能讓她跟張無忌在一起，想起來常常有些惆悵。所以這部書中的愛情故事是不大美麗的，雖然，現實性可能更加強些。」至於雙兒，一樣溫馴、忠誠與純潔，倪匡評點金庸小説人物時，説她是最好的老婆，是「上上人物」。

這些婢女角色，都有共通的地方，就是善良純潔，多情而處處體諒念惜著主人，但又從來不會搶先爭風，默默地愛念和守護自己的意中人，想像著一份得不到的愛。金庸多次流露自己對筆下這類人物的喜歡，所以到了二〇〇三年，新版《飛狐外傳》的〈後記〉中，他除了説很喜歡程靈素，還指出她的可愛是：「不在於她身上的現實主義，而在於她浪漫的、深厚的感情，每次寫到她，我都流眼淚的，像對郭襄、程英、阿碧、小昭一樣，我都愛她們，但願讀者也愛她們。」這些都是善良、多情，在小説中沒有與男主角成就美眷，卻營造了美麗情感、浪漫聯想的可愛女性。或者這樣，更容易讓我們通過小説，明白金庸的情感世界之所嚮往，也或許因為這樣，他改寫《俠客行》的時候，侍劍就沒有被叮噹殺死。

下 卷

中國文學裏的金庸小說

第 一 章 _____ 中 國 文 學 引 用

無論作為文學概念還是具體的文學作品類別，金庸武俠小說和中國文學，都存在一種互為闡發的關係。不管是討論「金庸小說裏的中國文學」，還是「中國文學裏的金庸小說」，當中存在許多關鍵性的文學觀念和現象，不獨令我們更深刻準確地認識金庸小說，同樣重要而具意義地，通過這些認識，我們亦同時多認識了解中國文學，特別是整個二十世紀前半葉，在西方小說大批譯作和創作理論東來之後，中國小說展現和形成了何種樣貌。明顯地，這樣的探究和討論，實際早已超出一般讀者閱讀金庸小說的意義和關注。但倒過來看，由研讀探討金庸小說的過程中，得到的這種理解和啟示，也正好說明金庸小說在吸引萬千讀者，成為「有華人處，皆有人讀金庸小說」的盛景的同時，在小說史，以至整個中國文學史上，都有值得重視的地位和原因。

金庸武俠小說與中國文學的關係，可以分狹義和廣義兩方面來說明討論。狹義的關係是指在金庸武俠小說中出現的中國文學作品，又或是借用中國文學作品來為角色或書中武功設計姓名或名稱等，還有一種是金庸親自創作的中國

傳統文學體裁的作品，主要是為人物角色代撰和回目名稱，以上種種都是具體落實，可以從詩文典故或文字筆墨溯源知道的，這是本書上卷希望處理的部分，因此引錄羅列了很多例子，說明出處，也會賞析其中有助小說藝術表達的地方。金庸武俠小說與中國文學廣義的關係，則是比較抽象，需要分析比較，才容易掌握得到，也是金庸武俠小說除了好看和讀者多以千萬計之外，值得文學論者重視和研究的重要原因。下卷寫作的重點也在這廣義的關係，而其中金庸作品作為中國文學中小說發展的重要地位，在中國古今（縱）和東西方（橫）的小說發展融會過程和展現，藝術水平之高、影響之大，實在為當時以至今天，世界小說史上所未見。

陳平原在《中國小說敘事模式的轉變》中說：

> 中國古典小說之引錄大量詩詞，自有其美學功能，不能一概抹煞。倘若吟詩者不得不吟，且吟得合乎人物性情稟賦，則不但不是贅疣，還有利於小說氛圍的渲染與人物性格的刻畫。

這裏強調的是人物和這些詩詞配合的作用，強調詩詞文學作品的引用，可以產生的形象塑造功能，梁冬麗在《古代

小說與詩詞》一書中，則不只從人物形象的塑造功能著眼，而是從更廣闊的美學功能，概括了詩詞在傳統小說的作用：

> 小說的功能主要是講故事，但是所有的故事都要有人物或背景，才能存在、發展。要塑造人物、描寫環境、刻畫場景，還要展示作者的觀點和態度，這時候，詩詞就顯得不可缺少了，它成為重要的創作手段：以詩詞描寫、議論、抒情。描寫的主要對象是人物、環境、場景與器物。議論主要用來評價歷史人物的是非功過或得失成敗。抒情主要是以人物題詩、酬贈、唱曲的方式抒發英雄豪傑或才子佳人的內心情感。

十五本金庸武俠小說，無論是長篇、中篇或短篇，內裏都或多或少包含著中國文學。這裏說的包含，有時是具體文學作品的出現引用，有時是某些傳統中國文學思想或藝術特點的展現，有時甚至是某些文學史上作家化為具體的小說人物，成為故事中的角色。這些中國文學的成分，有時是以整篇作品的形式出現，更多時候是部分引用。引用的方法，有時是借人物單獨地展示，有時又結合著武功或人物思想性格感情而出現，有時又浸透流露在氣氛環境、景物情調之中。總而言之，金庸小說中包含著濃厚的中國文

學成分，而其中的呈現和流露，也是立體多方面，通過本書上卷的引錄和析述，從作品的「量」以至體裁層面和運用方法，舉出許多例子，讀者可以清楚見到。

下卷主要從精神和意義，更多從「質」的角度，討論金庸作品中這些中國文學特質和形式的運用與流露，再加上西方文學和新文學運動以來的發展、影響與融合。這些，在金庸作品，以至中國小說史和中國文學史上，有何獨特意義的同時，亦展現了怎樣的面貌。

從最基本的說起——金庸最重視人物。金庸在第一次修訂後寫的〈金庸作品集新序〉，劈頭就說：「小說是寫給人看的。小說的內容是人。」金庸小說中的人名許多都是有深意的，即使是小說中人物角色的姓名或諢號，也會和中國文學或文化相關。前文指出過《天龍八部》的木婉清，婉清兩字取自《詩經》和西晉詩人謝混的詩歌《遊西池》。其他金庸筆下女子的名字，也常見取於古代文學，如李沅芷是《楚辭・湘夫人》的「沅有芷兮澧有蘭」；《倚天屠龍記》的周芷若也很典雅，「芷若」兩字，原是兩種香草，即白芷和杜若的合稱，見於文學作品則應最早出自《列子》：「粉白黛黑，佩玉環，雜芷若以滿之。」漢代的司馬相如的《子虛賦》也寫過：「其束則有蕙圃衡蘭，芷

若射干。」前文指出過《天龍八部》張耒《少年遊》一詞的「看朱成碧」一句，可能是書中阿朱阿碧取名之由來，當然《論語》的〈陽貨〉裏有「惡紫之奪朱也」，後人多「以朱為正，以紫為邪」，或許金庸為角色取名，已鮮明說出其對書中人物的好惡了。金庸小說透過文化觀念意識，在這些人物名字的選擇上，可清楚看到。

再舉一些例子，如金庸小說的經典人物楊過的形象，《射鵰英雄傳》第四十回，郭靖和黃蓉重遇穆念慈，為楊過取名，郭靖說：「我與他父親義結金蘭，只可惜沒好下場，我未盡之義，實為平生恨事。但盼這孩子長大後有過必改，力行仁義，我給他取個名字叫作楊過，字改之。」「名過，字改之」，是金庸借用南宋著名的愛國詞人劉過的名字。劉過，字改之，號龍洲道人。詞風豪放狂逸，與辛棄疾同時，過從甚密，亦有唱和。另外如《天龍八部》的「函谷八友」，名字各有所本或寄意，老大的康廣陵，就明顯是取以一曲《廣陵散》留名後世的嵇康。《神鵰俠侶》書中的「西山一窟鬼」，也是古代傳統文學作品已出現的角色，最早見於宋代話本《西山一窟鬼》，到了明代，馮夢龍整理編入《警世通言》，名為〈一窟鬼癲道人除怪〉。其他如武功名目的設計，在上卷第九章談武功招式名字時，就引述過金庸自己曾說：「在成語裏面，或者詩詞與

四書五經裏面，找一個適合的句子來做那招式的名字。」總之在各本金庸小說中，這些名目引自中國文學和文化思想的例子甚多，無法窮舉，就如陳墨在《文化金庸》一書中所說：「金庸小說中的文化內容是隨處可見的，書名、人名、地名、武功名稱等等，無不有傳統文化的知識和信息在。」

金庸小說在引用的各體中國文學體裁中，以詩和詞最多。這種情況與傳統中國文學的情況是一致的。中國向來有「詩之國度」的稱譽，不單是唐詩，古體詩或者唐以後的詩作和詞曲，都非常蓬勃，而且不同朝代都出現非常出色和具代表性的作家及作品。因此詩和詞不但成為金庸小說中最濃厚的文學引用，而且常成為故事結構推展，或者描寫人物的重要佈置，例如元好問的《摸魚兒·問世間情是何物》，就成為塑造李莫愁這人物形象的重要設計。如果從題材來看，出現在金庸小說中而比較重要的文學作品，大多集中在愛情題材和人生哲學的思考。前者較多影響著人物的遭遇和情感性格，後者則多是與書中武功有密切關係。

在金庸小說中，這些中國文學的引用，不同作品的頻度或密度是不同的，主要受到作品中的情境和人物形象的影響

和限制。例如《天龍八部》的段譽，既是主角，又是書呆子一名，因此從他口中就自然有許多詩詞文賦的出現。《射鵰英雄傳》中，一燈大師的四大弟子「漁樵耕讀」，其中的「讀」朱子柳，是辛未狀元公，金庸當然要把他寫得文雅多才，書中他與黃蓉由第一次見面到最後華山重遇，都離不開用詩文相互笑謔，而書中的黃蓉，雖然頑皮跳脫，但其實飽讀詩文，由「歸雲莊」到遇上朱子柳，金庸都著力描寫她的才智。即使到了《神鵰俠侶》，她對自己的兒女和楊過，也常教導。倒過來看，如果小說中沒有出現鮮明的文人才子形象，引用或者人物自己寫作文學作品的機會就不多，像《連城訣》一書，都是不義之人多，讀書人不多，因此整個故事引用的文學作品就很少，這亦可見金庸引用中國文學，是配合作品的故事和人物情境的表達需要，並非勉強拼湊。

除了直接引用在人物言行、名字或武功等之外，金庸小說裏的中國文學，還可以是一種化用，這像陳平原評論五四時期的新小說：

> 可以借人物創作舊體詩詞（如郁達夫），但更多的是於故事敘述中自然而然帶出幾句唐詩宋詞元曲，或者不直

接引錄，而是把舊詩的境界化在場面描寫中。[1]

這種化在場面描寫，更或是作品情景氣氛等情況，在金庸小說許多場面都可以見到。像上卷提及《鹿鼎記》第三十四回，寫吳六奇江上高歌抒懷。這種文化精神或知識分子、英雄俠客的胸襟懷抱，在金庸小說中，不少場面都可以見到，當中流露了豐富的中國傳統人文情味，陳岸峰説：

> 小船忽然傾側，風雨聲中，吳六奇放開喉嚨唱起「故國悲戀」之曲，吳、陳「兩人惺惺相惜，意氣相投，放言縱談平生抱負，登時忘了舟外風雨」。其實這便是《世説新語・雅量第六》第二十八則，謝安與王羲之及孫綽出海暢遊所遇的驚險一幕。[2]

另外，如袁承志和溫青青的相遇、陳家洛初見乾隆互相酬詩、莫大先生二胡奏出悽涼的《瀟湘夜雨》等場面、袁承志與李岩在長街遇到的盲眼老歌者等，都完全是中國古典文學中舊詩詞的意境氣氛，化入小説的場景和人物關係，

1.　陳平原：《中國小説敘事模式的轉變》（香港：中文大學出版社，2003 年），頁 213。

2.　陳岸峰：《醍醐灌頂：金庸武俠小説中的思想世界》（香港：中華書局〔香港〕有限公司，2015 年），頁 161。

不但自然，而且情味動人吸引，例子多不勝數。林以亮
（宋淇）訪問金庸時，曾說：

> 第一點，你的小說，經常談到中國儒家、道家、佛家的
> 精神境界。第二點，裏面也經常講到中國文化的傳統道
> 德標準：忠，孝，仁，義。第三點，你的文字，仍然保
> 留了中國文字的優點，很中國化，並沒有太像一般文藝
> 作品造句的西洋化，這在異鄉的中國人看來，就特別有
> 親切感。

金庸小說中還有一種文學作品，向來很多人喜歡討論，那
就是金庸自己的詩詞創作，主要為書中的人物角色代寫。
本書上卷第一章最後，指出過金庸在《書劍恩仇錄》，用
自己的筆墨才情，為書中的陳家洛和余魚同各寫了一首
詩。金庸作為一流小說家，當然明白配合筆下人物的文學
鋪排，所以一九七五年，他修訂《書劍恩仇錄》之後，就
在〈後記〉為這些創作自謙地說：

> 對詩詞也是一竅不通，直到最近修改本書，才翻閱王力
> 先生的「漢語詩律學」一書而初識平平仄仄。擬乾隆的
> 詩也就罷了，擬陳家洛與余魚同的詩就幼稚得很。陳家
> 洛在初作中本是解元，但想解元的詩不可能如此拙劣，

因此修訂時削足適履，革去了他的解元頭銜。余魚同雖只秀才，他的詩也不該是這樣的初學程度。不過他外號「金笛秀才」，他的功名，就略加通融，不予革除了。本書的回目也做得不好。本書初版中的回目，平仄完全不叶，現在也不過略有改善而已。

除了引用中國文學作品，偶然我們也會看到金庸自己的詩詞創作。武俠小說的研究者和讀者，經常喜歡將金庸、梁羽生和古龍三人合論或比較，大家都公認三人中，以梁羽生的舊學根底較深厚，梁羽生自己也頗自賞自負，他化名佟碩之所寫的〈金庸梁羽生合論〉中，就表達得很有信心：

> 梁羽生小說另一個特色是詩詞的運用。書中人物，每每出口吟詩，有引用前人的，也有他自作的。有運用的場合不當的（例子以後再舉），甚至有時也出現拙劣的歪詩……但持平而論，大體說來，還是瑕不掩瑜。他有劣作，也有佳作……以《白髮魔女傳》的題詞為例，填的是「沁園春」的詞牌：「一劍西來，千岩拱列，魔影縱橫，問明鏡非台，菩提非樹，境由心生，可得分明？是魔非魔？非魔是魔？要待江湖後世評。且收拾，話英雄兒女，先敘閒情。風雷意氣崢嶸，輕拂了寒霜嫵媚生。嘆佳人絕代，白頭未老，百年一諾，不負心

　　盟」……我看也是夠水平的。在其他武俠作家中，能夠
　　自寫詩詞的，似乎還不多見。

〈金庸梁羽生合論〉發表於一九六六年一月香港《海光文藝》
創刊號，一九八八年柳蘇（羅孚）在北京《讀書》月刊寫〈俠
影下的梁羽生〉，才揭露了佟碩之就是梁羽生本人。所以這
裏對梁羽生詩詞水平的評價，是梁羽生的夫子自道。梁羽
生的舊詩詞寫得好，不少讀者都同意。相反，金庸的武俠
小說雖然非常吸引，但在舊文學的創作，則常被批評。上
卷引述過梁羽生對他「宋代才女唱元曲」非常不欣賞，正
是由於認為金庸自己不能寫，所以要借古人作品來搪塞。

不過也有對古詩詞深有認識的人認為金庸的舊詩詞寫得不
錯，吳宏一教授在〈金庸小說中的舊詩詞〉一文中就為金
庸力辯：

　　相反的，有些評論金庸詩詞的人看到金庸自謙不識平仄
　　格律，就信以為真，以為金庸的詩詞創作未臻理想，只
　　強調金庸小說中的詩詞，在引用前人作品時，如何運用
　　巧妙，如出己口。這如同古人所謂矮子看戲，隨人短
　　長。事實上，金庸學柏梁體，用四十句古體詩，來作為
　　《倚天屠龍記》的回目，又連填了《少年遊》、《蘇幕遮》、

《破陣子》、《洞仙歌》、《水龍吟》五首詞，來作為《天
龍八部》的回目，在在可以看出他努力學習的成果和過
人的創作才力。這些作品，雖然近於古人律賦或試律的
寫法，屬於高明的文字遊戲，但是也非常人所能。評論
金庸詩詞的人，應該看到這一點，才不致人云亦云。[3]

平情而論，如果不是從碩學巨儒的高度來要求，金庸的
國學水平是相當不錯的，如吳宏一所說的「也非常人所
能」，即使常被批評的回目或詩詞運用，也寫過「霍霍青
霜萬里行」、「不識張郎是張郎」、「塞上牛羊空許約，燭
畔鬢雲有舊盟」等頗有情味，又配合章回內容的佳句。他
沒有完全放棄，而且從不同形式來嘗試。在修訂版的《鹿
鼎記》第一回後，他也清楚說明集用查慎行詩中的對句作
書五十回的回目：「所以要集查慎行的詩，因為這些詩大
都是康熙曾經看過的（「獄中詩」自是例外），康熙又曾
為查慎行題過『敬業堂』三字的匾額。當然，也有替自己
祖先的詩句宣揚一下的私意。」《天龍八部》和《倚天屠
龍記》的回目都作了舊詩詞的嘗試，但卻不用對仗形式，
姑勿論好與不好，在當時也是一種嘗試和領先，對後來古
龍等不少武俠小說作家都產生了影響。

3.　　吳宏一：〈金庸小說中的舊詩詞〉，收於《留些好的給別人》（香港：明報出版
　　　社，2004 年），頁 167-168。

第二章＿＿＿＿民族形式

中國文學裏，小說的發展，金庸武俠小說可以說是上承傳統話本章回和史傳傳奇，橫接西方和新文學帶來的種種藝術展現與思考，融會結合得極佳的作品，而且把中國傳統小說的一路，不論由內容、情味、寫法，都帶進了更深邃，但同時又更廣闊的境界。

中國古典小說主要分為文言和白話兩大源流，金庸的武俠小說從源流承繼方面來說，是兼及兩者的。談中國古典小說，有一句很重要的話，那是胡應麟說的：「至唐人乃作意好奇，假小說以寄筆端。」這是指到了唐傳奇，作者才出現對創作意識的覺醒，魯迅承此說法，在《中國小說史略》中說：「小說亦如詩，至唐代而一變」、「尤顯者乃在是時則始有意為小說」。最重要的是有意創作故事以抒發內心情志，有主旨表達，這種創作意圖是文學的重要元素，中國文學一向強調「詩騷」的傳統，就是「詩以言志」。從這角度看，現代文學意義的小說體裁，在中國古代文學發展過程中，是到了唐傳奇才真正出現的。

漢代有《列仙傳》、《神異傳》；魏晉六朝的時候，已有像

《世說新語》和《搜神記》等類近小說的作品出現，但皆形式短小，更接近隨筆記錄，故事和結構與後世小說不盡相同。唐代傳奇之前，無論是《左傳》、《史記》等史傳文學，或者是魏晉時候的「志人」、「志怪」小說，作者都是以寫史實錄式，即使像《搜神記》這樣優秀的志怪作品，作者干寶在序裏也自明寫作動機是要「發明神道之不誣」。唐宋之後，話本小說興起，最後形成明清兩代的章回小說。

至於小說運用的語言，分筆記文言和白話兩大系統。魏晉時候，志人和志怪兩類筆記小說，先後出現，而且出現成功作品，影響後世小說的發展，特別是唐宋傳奇，以至清代的《聊齋志異》。另一方面，明清兩代開始出現漸次流行的俠義小說和公案小說，語言和故事情節通俗而入世，成為清代武俠小說的藝術淵藪，同時是瓶頸所在，走向愈趨狹窄的胡同而需要尋找出路。晚清至民初出現的武俠小說，不獨故事題材和氣氛意蘊出現了變化，書中遊走江湖的人物也漸漸被重新刻畫和完成。

一九九四年底，金庸在北京大學作公開演講，內容後來收在《明報月刊》。在這次演講，他一開始就談武俠小說的源流：

中國武俠故事大致有兩個來源，一個是唐人傳奇。唐人
傳奇主要有三種：一種講武俠，一種講愛情，另一種講
神怪妖異。另一個來源是宋人的話本。宋朝流行說書講
故事，內容大致可分為六種，包括講歷史、佛教故事、
神怪、愛情故事、公案（偵探故事），還有一種就是武
俠故事，都很受歡迎。總括來說，中國武俠小說有三個
傳統：一、詩歌；二、唐人小說；三、宋人話本。

金庸喜歡讀傳統小說。完成《越女劍》之後，金庸曾自述
想為《三十三劍客圖》各寫一篇小說，就自言：「我很喜
歡讀舊小說，也喜歡小說中的插圖。」沈西城在《金庸逸
事》一書中回憶訪問金庸時說：「金庸說小時候，喜歡看
小說，尤其是那些章回小說，是他最鍾愛的讀物，一看，
神領心悟，銘記心中。不知讀者們可有注意，金庸的小
說，很有《水滸傳》的味兒，《射鵰英雄傳》人物眾多，
都有綽號……比儷並肩，了無遜色。」在一九六九年八
月，林以亮訪問金庸，問他怎樣開始寫武俠小說。金庸直
接地說：

最初，主要是從小就喜歡看武俠小說。八、九歲就在看
了，第一部看《荒江女俠》，後來看《江湖奇俠傳》、《近
代俠義英雄傳》等等。年紀大一點，喜歡看白羽的。

他在承繼這些古典小說的傳統過程中，明白需有所吸收改良，取菁去蕪，形成了新的人物和倫理。由唐傳奇開始，金庸不獨喜歡看，而且很快很準確抓住了這些作品吸引讀者的原因。他在〈金庸作品集新序〉指出：

> 武俠小說繼承中國古典小說的長期傳統。中國最早的武俠小說，應該是唐人傳奇的《虬髯客傳》、《紅線》、《聶隱娘》、《崑崙奴》等精彩的文學作品。其後是《水滸傳》、《三俠五義》、《兒女英雄傳》等等。現代比較認真的武俠小說，更加重視正義、氣節、捨己為人、鋤強扶弱、民族精神、中國傳統的倫理觀念。讀者不必過分推究其中某些誇張的武功描寫，有些事實上不可能，只不過是中國武俠小說的傳統。聶隱娘縮小身體潛入別人的肚腸，然後從他口中躍出，誰也不會相信是真事，然而聶隱娘的故事，千餘年來一直為人所喜愛。

他喜愛這些故事，也明白多年來人們為甚麼喜愛。在承繼傳統小說，金庸重視的不是純粹的人物和故事，而是整套蘊含和呈現的武俠小說倫理價值觀，它當中包含著人物和故事，但整個藏在背後的中國傳統文化、倫理思想、人與人相處的價值哲學，甚至是舊小說所慣用的語言形式，無一不是形成武俠小說的重要元素。武俠小說之為武俠小

說，在金庸眼中，這種「中國化」不只是必要，而且也是能否吸引讀者的原因。他在與梁羽生、百劍堂主合著的《三劍樓隨筆》中，不止一次強調「民族形式」的重要：

> 我並不認為《書劍》有多大意義……如果它有甚麼價值，我想只有一點──「民族形式」。武俠小說是我國文化中一個歷史悠久的傳統，從唐代的《虯髯客傳》、《聶隱娘》一直流傳到現代。我們寫《三劍樓隨筆》的人（即金庸、梁羽生和百劍堂主）模仿了古來作品來寫，因而合了中國讀者的心理，唯一的理由只是如此。當代許多文學家的作品就思想內容和文學價值來說，當然與《七俠五義》、《說唐》等等不可同日而語，但為極大多數人一遍遍讀之不厭的，主要的似乎還是一些舊小說。戲曲、建築、音樂等等都在提倡民族形式，而當代的一般小說，它們的主要形式卻主要是外來的。這種形式當然很好，然而舊小說的形式似乎也大可利用。我們的武俠小說儘管文字粗疏，內容荒誕，但竟然許多文化水平極高的人也喜歡，除了它是民族形式之外，恐怕別無解釋。

上面數段文字中，金庸提到「民族形式」是「價值」，也是「許多文化水平極高的人喜歡的解釋」，如果沒有就「不

像樣」。這裏金庸多次提到的「民族形式」，指向的都是
舊小說的一些特點。作為歷明清至五四新文學時期數百年
發展而出現的新派武俠小說，金庸當然有意識地承接中國
小說傳統，而且認為必須保留一部分的傳統風格，這在前
文已經指出過，這裏再補充一些。他向北京大學師生演講
時說：

> 中國的傳統小說最近一段時期日漸式微，很少人用中國
> 傳統古典方式寫小說，現在的小說大多數是歐化的形
> 式。我曾在英國愛丁堡大學演講，其中一個主題就是，
> 中國古典傳統小說至近代差不多沒有了。近代有些小說
> 寫得很好，內容和表現方式都非常好，但實際與中國傳
> 統小說不同。不是說西方形式不好，但我們至少也應保
> 留一部分中國的傳統風格。我將來希望與北大中國傳統
> 文化研究中心多發生些關係。我覺得中國傳統文化有很
> 優秀的部分，不能由它就此消失。我們可以學習吸收外
> 國好的東西，但不可以全部歐化（金庸接著講述中國當
> 代的戲劇、繪畫、音樂、舞蹈、建築、雕塑中如何仍保
> 持明顯的民族風格，而小說則與傳統形式有重大距離）。
> 我想，武俠小說比較能受人歡喜，不因為打鬥、情節曲
> 折離奇，而主要是因為中國傳統形式。同時也表達了中
> 國文化、中國社會、中國人的思想情感、人情風俗、道

德與是非觀念。

金庸小說既然承襲中國傳統小說，作者本身除了熱愛，也深受中國傳統小說影響薰陶，所以在作品裏，很容易就看到這些中國傳統小說的痕跡和影響。除了形式以章回為結構，許多地方都可以看到傳統小說對金庸小說的影響。

他重視在小說中保留這些「民族形式」，這也是他運用詩詞在作品中的考慮：

> 曾學柏梁台體而寫了四十句古體詩，作為「倚天屠龍記」的回目，在本書則學填了五首詞作回目。作詩填詞我是完全不會的，但中國傳統小說而沒有詩詞，終究不像樣。這些回目的詩詞只是裝飾而已，藝術價值相等於封面上的題簽──初學者全無功力的習作。（《天龍八部》〈後記〉）

除了回目和間入詩詞，傳統章回小說也愛用「有詩為證」的說書人形式，金庸在這方面比梁羽生用得少很多，但仍偶有，特別是早期的作品，例如《碧血劍》第一回寫到渤泥國的歸附唐人，民風淳樸，後面就附「有詩為證」的章回小說寫法。《射鵰英雄傳》開始，以說書人張十五引南

宋詩人戴復古《淮村兵後》開始，到了全書結尾，又以晚唐詩人錢珝的一首五言小詩「兵火有餘燼，貧村才數家。無人爭曉渡，殘月下寒沙」作結，也是傳統小說常見的形式。金庸的做法不是偶然，而直接說明是為了上承傳統說書：

> 我國傳統小說發源於說書，以說書作為引子，以示不忘本源之意。（《射鵰英雄傳》〈後記〉）

即使不是直接用說書之類的章回形式開始故事，金庸有時也會像傳統章回小說寫法一樣，在開頭由作者以說話人的身份介紹一番。《神鵰俠侶》故事的開始就是先引一首歐陽修的《蝶戀花》詞，拉開畫幕的畫面是一片江南美景清歌，然後作者以說書人身份先敘述說明一番：「歐陽修在江南為官日久，吳山越水，柔情密意，盡皆融入長短句中。宋人不論達官貴人，或是里巷小民，無不以唱詞為樂，是以柳永新詞一出，有井水處皆歌，而江南春岸折柳，秋湖採蓮，隨伴的往往便是歐詞。」（第一回）

除了形式，有些情節和人物間關係或行為，都明顯受到傳統小說的影響。例如許多金庸筆下的男女主角，最後都選擇飄然隱去，退出江湖，這當然是中國傳統隱士文化的重

要體現，所謂「天下有道則現，無道則隱」。其中《書劍恩仇錄》的陳家洛和《碧血劍》的袁承志，本來都希望為國盡力，但最後目睹大勢已去，選擇飄然遠走他國，這樣的情節，就與向被視為與武俠小說頗有淵源的唐代傳奇《虯髯客傳》非常相似。《虯髯客傳》的結尾寫虯髯客，目睹中原有真主李世民出現，認為已無自己逐鹿爭雄之地，便遠走他國。臨行時跟李靖和紅拂女說：

虯髯曰：「此盡寶貨泉貝之數。吾之所有，悉以充贈。何者？欲以此世界求事，當或龍戰二三十載，建少功業。今既有主，住亦何為？太原李氏，真英主也。三五年內，即當太平。李郎以奇特之才，輔清平之主，竭心盡善，必極人臣。一妹以天人之姿，蘊不世之藝，從夫之貴，以盛軒裳。非一妹不能識李郎，非李郎不能榮一妹。聖賢起陸之漸，際會如期，虎嘯風生，龍騰雲萃，固非偶然也。持余之贈，以佐真主，讚功業也，勉之哉！此後十年，當東南數千里外有異事，是吾得事之秋也。一妹與李郎，可瀝酒東南相賀。」……貞觀十年，靖位至左僕射平章事，適東南蠻入奏曰：「有海船千艘，甲兵十萬入扶餘國，殺其主，自立。國已定矣。」靖心知虯髯得事也，歸告張氏，具禮相賀，瀝酒東南祝拜之。

這樣的例子有許多，例如在上卷談第五章「史傳散文」時，指出過《倚天屠龍記》中，光明右使范遙自殘身體，與《史記》卷八十六〈刺客列傳〉中「豫讓吞炭」的故事情節非常相似，可以想像金庸構想此情節時，一定受到《史記》的影響。

有些情節處理，甚至模仿古典小說。如前文指出《書劍恩仇錄》，中間擠入一段陳家洛回到浙江海寧老家，重見與自己兒時一起長大的婢女，也很容易令讀者聯想到《紅樓夢》中，賈寶玉與各婢女親如兄妹的關係。金庸在接受林以亮訪問時，就直接承認：

> 在寫《書劍》之前，我的確從未寫過任何小說，短篇的也沒有寫過。那時不但會受《水滸》影響，事實上也必然會受到許多外國小說、中國小說的影響。有時不知怎樣寫好，不知不覺，就會模仿人家。模仿《紅樓夢》的地方也有，模仿《水滸》的也有。我想你一定看到，陳家洛的丫頭餵他吃東西，就是抄《紅樓夢》的。[4]

這種「抄」在金庸的第一部小說出現，但往後男主角與婢

4.　沈登恩：《諸子百家看金庸》第三輯（台北：遠景出版事業公司，1983年），頁33。

女的親密，甚至愛情關係，在金庸往後的小說續有出現，但處理已遠遠不同《書劍恩仇錄》或者《紅樓夢》，婢女成為書中重要的角色，而且有著不同的性格和情感，包括阿朱、小昭和雙兒，不但人物角色鮮明活現，具體深刻，而且都與書中男主角產生愛情，絕不是等閒角色。可以見到金庸在承繼傳統小說人物處理的同時，發展了不同的藝術形象方向，產生強烈的藝術效果。

金庸武俠小說本身就是中國文學的一種，除了中國傳統形式和情味，文學手法，例如結構佈局、敘事語言，可以欣賞的地方很多，而且亦已有不少論者曾經討論。接受嚴家炎訪問時，金庸說：「我的小說中有『五四』新文學和西方文學的影響。但在語言上，我主要借鑑中國古典白話小說，最初是學《水滸》、《紅樓》，可以看得比較明顯，後來就純熟一些。」

除了語言，讀金庸小說也會發現一些中國小說戲曲的特點，例如諧趣惹笑的佈置。金庸小說好看，往往在情節的張弛有道，令讀者時而緊張肉緊，時而又開懷大笑。在小說中插入諧趣惹笑，卻又完整合理，甚至能夠推動情節發展，這是金庸小說技巧的另一門奇技，也是中國傳統小說戲曲中，為照顧普羅讀者觀眾而間入滑稽性特點的表現，

特別是中國戲曲，悲劇如《竇娥冤》者，也會插科打諢，出現一些笑料。金庸小說的「笑位」，主要來自他塑造的人物角色，這些角色可以是主角，例如是韋小寶，或者是配角，如周伯通；又或是一些再次要的角色，例如「桃谷六仙」、「太湖四俠」、「函谷八友」和《鴛鴦刀》中，那一天都在說「江湖上有言道……」的周威信。這裏反映金庸的幽默詼諧，雖然外表談吐相當木獨，予人拘謹的感覺，但內心跳脫玲瓏，也只有具備這些特點，才能為不同人物角色鋪設情境，寫出吸引的故事情節。

第三章 _____ 人物形象

在真實的小說發展過程和歷史，金庸小說的重大價值，在承接之外，也在回應二十世紀中國傳統形式的小說（如武俠小說），在接受西方文學一再衝擊薰染下，走出如何的道路。像上文引過他自己的話：「而當代的一般小說，它們的主要形式卻主要是外來的。這種形式當然很好，然而舊小說的形式似乎也大可利用。」這種「外來」和「舊小說的形式」，在金庸小說中自不免會有結合交會之處。不少學者論及金庸小說與新文學運動以來的中國小說，總有一些或明或隱的關係，例如北京大學錢理群教授在〈金庸的出現引起的文學思考〉中說：

> 那麼，或許可以說在以金庸為代表的武俠小說中，就得到了較為充分的發展。我們是不是可以從這個角度去探討魯迅的《故事新編》與金庸武俠小說中的某些聯繫呢？──其實，《故事新編》裏的〈鑄劍〉的「黑的人」就是古代的「俠」。提出這樣的「設想」，並不是一定要將金庸與魯迅拉在一起，而是要通過這類具體的研究，尋求所謂「新小說」與「通俗小說」的內在聯繫，

以打破將二者截然對立的觀念。[5]

這種在古典小說以外，為金庸武俠小說尋找現代視野的做法，其實一點也不難，因為這本來就是金庸小說的一大特色和可觀之處，其中最顯而易見的就是對人物的處理。從小說理論的角度談金庸對人物處理的切入，有兩個重要的方向。一是人物塑造，其中亦可見金庸對寫作過程中，如何借人物塑造，抒發情性和帶出意旨；二是對「俠」的闡釋，兩者都是讀金庸小說重要的文學闡述，只是前者較傾向文學，後者則難免要更多從文化倫理的角度，理解這武俠小說中幾乎至為重要的人物形象類別。

相對來說，中國文化傳統比較重視人的共性，這對中國戲曲小說的寫作有很大影響。戲曲中出現「臉譜」，小說人物也容易有「類型化」的情況。明清之後，中國文學漸漸重視人物個性表達和塑造技巧，王驥德〈新校註古本西廂記自序〉說「實甫以描寫，而漢卿以雕鏤，描寫者遠攝風神，鵰鏤者深次骨貌」，完全是以人物描寫技巧，決定作

---

5. 錢理群：〈金庸的出現引起的文學思考〉，收於王敬三、金庸學術研究會編：《名人名家讀金庸》（上海：上海書店出版社，2000 年），轉載於陳夫龍編：《俠壇巨擘——金庸與新武俠小說研究史料輯》（北京：人民出版社，2015年），頁 113。

品藝術高下；孟稱舜更直接說「撰曲者不化其身為曲中之人，則不能為曲」；金聖嘆說《水滸傳》：「只是看不厭，無非為他把一百八個人性格，都寫出來。」（〈論第五才子讀書法〉）加上司馬遷寫《史記》以來，中國歷史「人重於事」的紀傳體歷史書寫觀念，「人物」，就成為小說的靈魂。在這樣的傳統背景和西方小說的影響啟示下，金庸的武俠小說，十分重視人物，甚至可以成為他下筆的「第一義」，這是他自己多次表明過的。他接受林以亮和王敬羲訪問時說：

> 我個人覺得，在小說裏面，總是人物比較重要。尤其是我這樣每天一段，一個故事連載數年，情節變化很大，如果在發展故事之前，先把人物的性格想清楚，再每天一段一段的想下去，這樣，有時故事在一個月之前和之後，會有很大的改變，倘若故事一路發展下去，覺得與人物的個性相配起來，不大合理，就只好改一改了。我總希望能夠把人物的性格寫得統一一點，完整一點。

之後，多次有機會談寫小說的技巧時，都先談人物的重要性。如果說這是他寫小說的最大關注，爭議不大：

> 我寫武俠小說是想寫人性，就像大多數小說一樣。這部

小說通過書中一些人物，企圖刻畫中國三千多年來政治生活中的若干普遍現象。影射性的小說並無多大意義，政治情況很快就會改變，只有刻畫人性，才有較長期的價值。(《笑傲江湖》〈後記〉)

我個人的看法，小說主要是在寫人物，寫感情，故事與環境只是表現人物與感情的手段。感情較有共同性，歡樂、悲哀、憤怒、惆悵、愛戀、憎恨等等，雖然強度、深度、層次、轉換，千變萬化，但中外古今，大致上是差不多的。人的性格卻每個人都不同，這就是所謂個性。(〈韋小寶這小傢伙〉)

小說是藝術的一種，藝術的基本內容是人的感情，主要形式是美、廣義的、美學上的美。在小說，那是語言文學之美、安排結構之美、關鍵在於怎樣將人物內心世界通過某種形式而表現出來。(《金庸小說集》台灣版序)

基本上，武俠小說與別的小說一樣，也是寫人，只不過環境是古代的，主要人物是有武功的，情節偏重於激烈的鬥爭……小說是藝術的一種，藝術的基本內容是人的感情和生命，主要形式是美，廣義的、美學上的美。在小說，那是語言文筆之美、安排結構之美。關鍵在於怎樣將人物的內心世界通過某種形式表現出來……我最高興的是讀者喜愛或憎恨我小說中的某些人物，如果有了那種感情，表示我小說中的人物已和讀者的心靈

> 發生聯繫了。小說作者最大的企求，莫過於創造一些
> 人物，使得他們在讀者心中變成活生生的、有血有肉的
> 人。(〈金庸作品集新序〉)

這樣的羅列，反映出金庸重視塑造人物形象。事實上，金
庸小說的成功，善寫人物可能是最重要的原因。因金庸小
說而成為家喻戶曉的人物如郭靖、黃蓉、楊過、小龍女、
令狐沖、韋小寶等多不勝數，即使不是主角，也會鮮明突
出得幾可融入現代漢語，成為某種意思的代詞，如周伯
通、岳不群、東方不敗等，都幾乎由小說中的專有人名，
跳出文字，成為日常生活的形容詞。這種小說人物的感染
力和影響力，在文學史上，直追中國古代經典小說中賈寶
玉、林黛玉、諸葛亮、孫悟空、豬八戒等藝術形象。這種
人物和人性處理的成功，成為文學研究者認為金庸小說在
中國文學史上有重要地位和意義的原因，所以當代學者也
會認為：

> 武俠小說的成型是在清代，民國年間有了大的發展，被
> 稱為舊派武俠。舊派武俠在敘事描寫、塑造人物上都有
> 可觀的成績，但它們最大不足在欠缺表現人性。金庸對
> 武俠小說的最大發展是將非現實的武俠題材同探索人性
> 結合起來，於無處可尋的江湖看出社會，於無處可見的

> 英雄大俠讀出豐富無比的人性，於神奇怪異的功夫顯出
> 文化特徵。在他的筆下，武俠小說既有娛樂趣味，又有
> 深入嚴肅的思考；它的題材純粹是文學傳統的產物，但
> 在荒誕不經的想像裏又蘊含豐富的社會內容。[6]

「探索人性」，讓我們理解感受，反省思考，這些都是文
學重要的使命和功能。金庸小說中的「武俠」和「江湖」，
都只是故事情節和人物行為的外在框架，盛載著整個故事
和所有人物的言語行徑，可是當中重要的仍然是「探索人
性」，至少我們從金庸自己的一再表達，很清楚看出這是
他寫作最重要的「意有所寄」之處。人物的重要，因為小
說寫的是人，人的情感和性格，而只有這些在不同體裁的
文學作品，不分古代和現代，是否經典，都是最重要的：

> 道德規範、行為準則、風俗習慣等等社會性的行為模
> 式，經常隨著時代而改變，然而人的性格和感情，變動
> 卻十分緩慢。三千年前「詩經」中的歡悅、哀傷、懷
> 念、悲苦，與今日人們的感情仍是並無重大分別。我個
> 人始終覺得，在小說中，人的性格和感情，比社會意義
> 具有更大的重要性。(《神鵰俠侶》〈後記〉)

6.　　劉再復：〈金庸小說在二十世紀中國文學史上的地位〉，收於瀋陽《當代作家
　　　評論》1998 年第 5 期。

金庸寫小說既重人物，所以較多時候是先有人物，然後再
構想故事，而人物形象的塑造，又需要服膺於人物的性
格，因此他說：

> 依我自己的經驗，第一部小說我是先寫故事的……後
> 來寫《天龍八部》又不同，那是先構思了幾個主要的人
> 物，再把故事配上去。我主要想寫喬峰這樣一個人物，
> 再寫另外一個與喬峰互相對稱的段譽，一個剛性，一個
> 柔性。這兩個性格相異的男人。

雖然人性的探索呈現在金庸小說中，似乎始終佔守著第一
位，但小說終是小說，是文學作品，因此更重要的是小說
處理人物時，能同時緊扣著故事和情節，人物的性格和感
情，決定了故事情節和人物角色的命運遭遇。這樣的創作
規律，金庸明白而且緊守。以《神鵰俠侶》為例，書中楊
過斷臂，小龍女蒙污，都令兩個人千災萬劫的愛情，加上
更痛苦悲哀的傷害。讀者或許認為這是金庸為製造兩個人
物角色的悲劇性，強加上去，可是從整體小說人物的安排
上，郭芙和尹志平對兩人身上所造成的傷害，在整本小說
的人物關係網上，產生這樣的情節，也是合理而自然的。
對於楊過和小龍女的愛情，歷經起落，曲折離合，金庸卻
認為是情理之內，而「須歸因於兩人本身的性格」：

> 楊過和小龍女一離一合，其事甚奇，似乎歸於天意和巧
> 合，其實卻須歸因於兩人本身的性格。兩人若非鍾情如
> 此之深，決不會一一躍入谷中；小龍女若非天性淡泊，
> 決難在谷底長時獨居；楊過如不是生具至性，也定然
> 不會十六年如一日，至死不悔。當然，倘若谷底並非水
> 潭而係山石，則兩人躍下後粉身碎骨，終於還是同穴
> 而葬。世事遇合變幻，窮通成敗，雖有關機緣氣運，自
> 有幸與不幸之別，但歸根結底，總是由各人本來性格而
> 定。(《神鵰俠侶》〈後記〉)

所以在金庸小說的寫作概念裏，人物是主軸、最重要的，
面對人物形象的塑造，故事情節需要配合，他在《金庸訪
問記》回答王敬羲提問：

> 故事的作用，主要是陪襯人物的性格。有時想到一些情
> 節的發展，明明覺得很不錯，再想想人物的性格可能配
> 不上去，就只好犧牲這些情節，以免影響了人物個性的
> 完整。

「故事的作用，主要是陪襯人物的性格」，這種人物和情
節的配合，一方面固然可以倒過來影響著人物的言行和成
長，金庸小說中的主角，或者其他角色，在隨著故事中

的遭遇、性格和價值觀等，都會改變和成長，這是西方
小說理論很基本的「圓形人物」（Round Character）觀
念。即再以《神鵰俠侶》為例，楊過儘管如金庸自己形容
的「深情狂放」，而且在書中自始至終都是癡情專一，至
情至性，但整部《神鵰俠侶》所跨越的數十年，實在也讓
讀者看到楊過如何由一個機靈跳脫、滿懷復仇恨意的小孩
子，慢慢成長成為顧念他人和家國、沉穩仁厚的一代武學
宗師。

載道與個性

胡應麟的「唐人至有意為小說，假小說以寄筆端」，金庸
作品，從立意載道的角度來看，亦可以看出金庸借人物來
表達抒發的藝術態度。金庸多次說自己寫小說沒有「載
道」的意圖，只是希望寫人性。他直接說明過文學不是用
來「講道理」的：「我認為文學的功能是用來表達人的感
情，至於講道理，那就應該用議論性的、辯論性的或政治
性的文章。」他第一次全面修訂作品後，在〈金庸作品集
新序〉中說：

> 我寫武俠小說，只是塑造一些人物，描寫他們在特定的
> 武俠環境（中國古代的、沒有法治的、以武力來解決爭

端的不合理社會）中的遭遇。當時的社會和現代社會已大不相同，人的性格和感情卻沒有多大變化。古代人的悲歡離合、喜怒哀樂，仍能在現代讀者的心靈中引起相應的情緒。讀者們當然可以覺得表現的手法拙劣，技巧不夠成熟，描寫殊不深刻，以美學觀點來看是低級的藝術作品。無論如何，我不想載甚麼道。我在寫武俠小說的同時，也寫政治評論，也寫與歷史、哲學、宗教有關的文字，那與武俠小說完全不同。涉及思想的文字，是訴諸讀者理智的，對這些文字，才有是非、真假的判斷，讀者或許同意，或許只部分同意，或許完全反對。

經過一次對自己作品全面而認真的檢視，他在「序文」中的這種說法，當然可理解成為他非常誠實而積累多年創作思考反省的看法。他說「我不想載甚麼道」的同時，說自己只是「塑造一些人物」。這種說法和做法，一方面固然令我們明白和注意他描寫人物的心力和技巧，但同時正也反映了通過人物來表現世界，恰恰正是金庸武俠小說「載道」的高明處，而且不能以「通俗」兩字來概括評定這些作品的品位：

　　我寫小說，旨在刻畫個性，抒寫人性中的喜愁悲歡。小說並不影射甚麼，如果有所斥責，那是人性中卑污陰暗

的品質。政治觀點、社會上的流行理念時時變遷，人性
卻變動極少。（〈金庸作品集新序〉）

金庸為了回應梁羽生〈金庸梁羽生合論〉的批評，曾寫
過一篇〈一個「講故事人」的自白〉，刊於《海光文藝》
一九六六年四月號，其中說：

> 我以為小說主要是刻畫一些人物，講一個故事、描寫某
> 種環境和氣氛……那是求表達一種感情、刻畫一種個
> 性、描寫人的生活或是生命、和政治思想、宗教意識、
> 科學上的正誤、道德上的是非等等，不必要求統一或
> 關聯。藝術主要是求美、求感動人，其目的既非宣揚真
> 理，也不是分辨是非。

「藝術主要是求美、求感動人，其目的既非宣揚真理，也
不是分辨是非。」這種對閱讀者的感動，即使我們不用以
「詩以言志」、「載道」名之，但事實上借故事和人物，金
庸的小說當然起著抒情寄意的傳統，而且感動著讀者、提
升著讀者。金庸自己在這方面仍然是有意識和有意圖的：

> 武俠小說雖說是通俗作品，以大眾化、娛樂性強為重
> 點，但對廣大讀者終究是會發生影響的。我希望傳達的

> 主旨，是：愛護尊重自己的國家民族，也尊重別人的國
> 家民族；和平友好，互相幫助；重視正義和是非，反對
> 損人利己；注重信義，歌頌純真的愛情和友誼；歌頌奮
> 不顧身的為了正義而奮鬥；輕視爭權奪利、自私可鄙的
> 思想和行為。武俠小說並不單是讓讀者在閱讀時做「白
> 日夢」而沉緬在偉大成功的幻想之中，而希望讀者們在
> 幻想之時，想像自己是個好人，要努力做各種各樣的好
> 事，想像自己要愛國家、愛社會、幫助別人得到幸福，
> 由於做了好事、作出積極貢獻，得到所愛之人的欣賞和
> 傾心。（〈金庸作品集新序〉）

從中國敘事文學發展的傳統看，中國傳統歷史筆法和詩以
言志的傳統，都深深影響著中國小說的寫法。陳平原評論
五四時期的小說，指出「史傳」的傳統影響著中國歷代敘
事文學，特別是小說這重要的文類：

> 由此可見唐宋人心目中史書的敘事功能的發達。實際上
> 自司馬遷創立紀傳體，進一步發展歷史散文寫人敘事的
> 藝術手法，史書也的確為小說描寫提供了可資直接借鑑
> 的樣板。這就難怪千古文人談小說，沒有不宗《史記》
> 的……史書在中國文人心目中的地位也遠比只能入子
> 集的文言小說與根本不入流的白話小說高得多。以小

說比附史書，引「史傳」入小說，都有助於提高小說的
地位。[7]

另一方面，史傳文化的影響，亦始終成為任何中國傳統小
說基礎上寫作的小說家的敘事習慣和意識。楊義說：

> 史官文化在古中國具有監察政治、衡準人生價值的重要
> 作用。這就形成中國敘事文學史的獨特性，與西方在神
> 話和小說之間插入史詩和羅曼史不同，它在神話傳說的
> 片段多義形態和小說漫長曲折的發展之間，插入並共存
> 著代有巨溝的歷史敘事。換言之，中國敘事作品雖然在
> 後來的小說中淋漓盡致地發揮了它的形式技巧和敘寫謀
> 略，但始終是以歷史敘事的形式作為其骨幹的，在一段
> 相當長的時間中存在著歷史敘事和小說敘事一實一虛，
> 亦高亦下、互相影響、雙軌並進的景觀。小說又名「稗
> 史」，研究中國敘事學而僅及小說，不及歷史，是難以
> 揭示其文化意義和形式奧秘的。[8]

就像上卷第五章談史傳散文，引《吳越春秋》為例指出歷

---

7. 陳平原：《中國小說敘事模式的轉變》（香港：中文大學出版社，2003 年），
    頁 191。
8. 楊義：《中國敘事學（增訂本）》（北京：商務印書館，2019 年），頁 15。

史和小說的疊影重形，是中國敘事文學的一大特點。所謂
史傳傳統，當然有這種虛實間的考慮，並通過人物在具體
事件的行徑，書寫故事之餘，帶出作者的寫作意旨。金庸
筆下的《射鵰英雄傳》、《神鵰俠侶》、《倚天屠龍記》、《書
劍恩仇錄》、《碧血劍》和《鹿鼎記》等作品，都有深嵌
入故事結構中的歷史背景，現實的家國天下糅合虛擬的江
湖世界，無一不是故事和歷史穿插得巧妙絕倫的作品。金
庸小說對這種對傳統的承傳，除了「詩以言志」，當然也
有著借人物故事來描述和呈現客觀世界的意圖，這是中國
「史官文化」在敘事文學中的突出表現，但退一步而言，
其實亦是作者的言志抒情，也就是論者所說的「詩騷」傳
統的流露。即由宋元話本以至明清章回，縱然寫的和讀的
都重視娛樂功能，但小說和歷史，並引發故事中產生「以
史為鑑」的敘述意圖，從來都是中國小說作者的特色。
金庸在這方面亦一樣，因此我們讀《笑傲江湖》、《俠客
行》、《天龍八部》和《鹿鼎記》，都讀到金庸在具體故事
和人物言行之外，灌注一己的家國肝膽與人文關懷，表達
出來的強烈訊息，正是兼收傳統中國文學「史傳」和「詩
騷」的文學功能。

二十世紀五十年代出現的金庸小說，難免受著新文學運動
以來和西方文學的深切影響。其中新文學對中國傳統小

說，特別是處理人物形象的重要影響，除了如陳平原說的「把注意力從人物的外在動作轉向人物的內心世界」，也在強調人的個性展現，而且幾乎成為五四時期作家共識式口號。本來，中國文學至明清，展現個性的呼聲其實已日漸高漲，明代公安三袁兄弟、李贄、徐渭，以至清代金聖嘆等人，由作品、理論到批評實踐，慢慢已織築起這方面的基礎，像袁宏道高呼的「大都獨抒性靈，不拘格套，非從自己胸臆流出不肯下筆」，影響明清文學發展深遠。

新文學時期，西學衝擊，再加上承接這種文學傳統，認為作品中展現個性非常重要。郁達夫為《中國新文學大系·散文二集》寫的〈導言〉說：「五四運動的最大的成功，第一要算『個人』的發見」；「現代的散文之最大特徵，是每一個作家的每一篇散文裏所表現的個性，比從前的任何散文都來得強」。冰心在〈文藝叢談（二）〉高呼：「請努力發揮個性，表現自己。」這種人的個性解放和探尋，在作者的角度，自然是自由和抒寫個人心志的意向，這某程度上也直承中國文學傳統裏「詩騷」的言志，許多時候在故事和人物的完成過程中，傾注個人情感和意趣。中國文學裏有金庸小說，金庸武俠小說不只為「載傳統的道」，而是借人物來展現大千世界種種人心色相，因此筆下人物都有獨特面目，通過這些一一的面目，讀者可以讀出背後

作者萬千的心緒情思。

文學創作抒寫個人情性，這是很基本的藝術原理。金庸寫武俠小說，當然是個人藝術個性的追求和表達，同時在作品中，又會借人物和人物的處境，來書寫這種人的個性的張揚與完成，其中最有意為之的作品，當然要數《笑傲江湖》：

> 在中國的傳統藝術中，不論詩詞、散文、戲曲、繪畫，追求個性解放向來是最突出的主題。……要退隱也不是容易的事。劉正風追求藝術上的自由，重視莫逆於心的友誼，想金盆洗手；梅莊四友盼望在孤山隱姓埋名，享受琴棋書畫的樂趣；他們都無法做到，卒以身殉，因為權力鬥爭（政治）不容許。對於郭靖那樣捨身赴難，知其不可而為之的大俠，在道德上當有更大的肯定。令狐沖不是大俠，是陶潛那樣追求自由和個性解放的隱士。風清揚是心灰意懶、慚愧懊喪而退隱。令狐沖卻是天生的不受羈勒。在黑木崖上，不論是楊蓮亭或任我行掌握大權，旁人隨便笑一笑都會引來殺身之禍，傲慢更加不可。「笑傲江湖」的自由自在，是令狐沖這類人物所追求的目標。因為想寫的是一些普遍性格，是政治生活中的常見現象，所以本書沒有歷史背景，這表示，類似的

情景可以發生在任何朝代。(《笑傲江湖》〈後記〉)

金庸塑造令狐沖這人物，固然是這種自由個性的重要展示，書中許多人都希望在桎梏的人生和生活中，找到自己心靈的寄託和出路。曲洋和劉正風固然是，梅莊四友也是，莫大先生也一樣是。陳墨說：「這部《笑傲江湖曲》——亦即『隱士之曲』——可以說是這部小說的一種隱隱約約的『主旋律』。」魏晉時代的「竹林七賢」狂放任誕，成為這部小說內裏一種最強力的追求，心靈上的自由，自始是書中寫出一種理想人物的追求，因此，書的結尾就頗堪玩味，餘味不盡：「（盈盈）說著伸手過去，扣住令狐沖的手腕，嘆道：『想不到我任盈盈，竟也終身和一隻大馬猴鎖在一起，再也不分開了。』說著嫣然一笑，嬌柔無限。」（第四十回）

陳平原曾指出小說的引用詩詞，又是「詩騷」傳統帶來的抒情傳統。至於所謂詩騷的傳統，並不單只是指引用詩詞在小說，而更多指作者借作品用以抒情的藝術功能：

> 引詩詞入小說構不成「五四」小說的特點，倒是「詩騷」入小說的另一層面——濃郁的抒情色彩，籠罩了幾乎大部分「五四」時代的優秀小說。

這種引詩詞入小說成為「詩騷」的濃郁抒情色彩，固然沒錯，在評價金庸武俠小說時當然可用，問題是金庸小說的「言志」或「抒情」，卻更多是來自人物和作者，通過作品表現出來的個性，像《笑傲江湖》把傳統的狂放隱逸，滲入通本的作品，而不在一詩一詞的引用。這或許也是金庸重視人物形象的深層原因，因為那既是歷史和文化的，同樣，也是心理和人性的。而且既屬於書中人物和讀者——也屬於作者。

俠之大者

武俠小說是「武」加「俠」的結構，怎樣闡釋「俠」的意蘊，許多時反映了作者對這種中國文學獨特小說類別的理解和創作用心。金庸小說中的「俠」，與之前的舊派武俠小說不相同，由創作第一部《書劍恩仇錄》到最後的《鹿鼎記》，由文武雙全的世家公子、紅花會總舵主陳家洛到不學無術、市井流氓的韋小寶，我們可以發覺貫串在各小說中，他對「俠」有自己的理解與執著。緊緊抓住寫作小說最重要的「人物」類別，但金庸不只是從技巧、心理描寫這些理論層次進入，他還要為「俠」，這「人物群像」最重要的造型，一方面承傳固有傳統的舊有書寫，一方面又注入現代新鮮的血液。

金庸寫過一篇〈韋小寶這小傢伙〉，發表在《明報月刊》一九八一年第一期，內裏寫到傳統小說都強調「反」：

> 中國的古典小說基本上是反教條、反權威的。《紅樓夢》反對科舉功名，反對父母之命的婚姻，頌揚自由戀愛，是對當時正統思想的叛逆。《水滸傳》中的英雄殺人放火、打家劫舍，雖然最後招安，但整部書寫的是殺官造反，反抗朝廷。《西遊記》中最精彩的部分是孫悟空大鬧天宮，反抗玉皇大帝。《三國演義》寫的是歷史故事，然而基本主題是「義氣」，而不是「正統」。《封神榜》作為小說並不重要，但對民間的思想風俗影響極大，寫的是武王伐紂，「天下者非一人之天下，惟有道者處之」，最精彩部分是寫哪吒反抗父親的權威。《金瓶梅》描寫人性中的醜惡（孫述宇先生精闢的分析指出，主要是刻畫人性的基本貪、嗔、癡三毒），與「人之初，性本善」的正統思想相反。《三俠五義》中最精彩的人物是反抗朝廷時期的白玉堂，而不是為官府服務的御貓展昭。

這種不服從（反）是相對於壓逼勢力，像現代人愛說的「高牆」。金庸明白「俠」的意義不止如此，它還應包括更多的美好人性，與「武」和「反」這些「力量型」的表達，沒有必然的關係，所以在文中又說：

武俠小說基本上繼承了中國古典小說的傳統。武俠小說
之所以受到中國讀者的普遍歡迎，原因之一是，其中根
本的道德，是中國大眾所普遍同意的。武俠小說又稱俠
義小說。「俠」是對不公道的事激烈反抗，尤其是指為
了平反旁人所受的不公道而努力。西方人重視爭取自己
的權利，這並不是中國人意義中的「俠」。「義」是重
視人與人之間的感情，往往具有犧牲自己的含義。「武」
則是以暴力來反抗不正義的暴力。中國人向來喜歡小說
中重視義氣的人物。在正史上，關羽的品格、才能與
諸葛亮相差極遠，然而在民間，關羽是到處受人膜拜的
「正神」、「大帝」，諸葛亮是智慧的象徵，中國人認為，
義氣比智慧重要得多。《水滸傳》中武松、李逵、魯智
深等人既粗暴，又殘忍，破壞一切規範，那不要緊，他
們講義氣，所以是英雄。許多評論家常常表示不明白，
宋江不文不武，只是一個猥瑣小吏，為甚麼眾家英雄敬
之服之，推之為領袖？其實理由很簡單，宋江講義氣。

金庸賦予了「俠」更多的內容，義的重要內容就是感情：
「義是重視人與人之間的感情」，「武」則只是以暴力來反
抗。金庸承繼俠義小說的敘事精神，重要的地方是有所發
展，重新賦予新的意義，明了此一關節，像韋小寶的「講
義氣」，仍然是「俠」的特質的表現，所以陳家洛是俠，

從某角度看，韋小寶也是「俠」。

金庸在北大演講，談到「俠」：

> 先談一下武俠小說這個「俠」字的傳統。在《史記》中
> 已講到俠的觀念。中國封建王朝對俠有限制，因為俠本
> 身有很大反叛性，使用武力來違犯封建王朝的法律。
> 《韓非子》中說「儒以文亂法，俠以武犯禁」，就是站在
> 統治者的立場表達了這個觀點。我以為俠的定義可以說
> 是「奮不顧身，拔刀相助」這八個字，俠士主持正義，
> 打抱不平。歷代政府對俠士都要鎮壓。漢武帝時很多大
> 俠被殺，甚至滿門被殺光。封建統治者對不遵守法律、
> 主持正義的人很痛恨。但一般平民對這種行為很佩服，
> 所以中國文學傳統中歌頌俠客的詩篇文字很多，唐朝李
> 白的詩歌中就有寫俠客的……

「我以為俠的定義可以說是『奮不顧身，拔刀相助』這八
個字，俠士主持正義，打抱不平」。這種對「俠」的理解
和認識，本來就符合中國歷史和傳統文化的特質和發展方
向。「俠」在中國傳統有悠久的歷史，余英時在〈俠與中
國文化〉一文指出：

自漢代以來，中國社會一天天走上重文輕武的道路，「俠」作為武力集團終於解體了。所以中國的俠在軍事史上從來沒有扮演過重要角色，後來甚至也不必然和「武」連在一起了。

亦儒亦俠而重俠不重武，使傳統的「俠」早就有了「武」以外的含義，余英時進一步說：

中國文化自漢代始便有明顯的重文輕武的傾向，與西方之尚武大異其趣……「俠」自東漢起便已開始成為一種超越精神，突破了「武」的領域，並首先進入了儒生文士的意識之中。所以我們論及「俠」對中國文化的長遠影響，不能不特別注意「俠」和「士」的關係。

明清以來的舊小說，對俠義的闡述早已經不再停留在「以武犯禁」的理解，而更多強調「義」。余英時引何心隱的說法，然後指出：

「儒」與「俠」本來便是合流的，因為二者同是「意氣」落實的結果。但這顯然是「俠」的觀念改變以後所出現的新理論。「俠」與「武」可分可合，不再限於「以武犯禁」了……這一類「儒而俠」的人物大量出現，尤其

是晚明社會的一大特色。

另外，「俠」的形象和意蘊在金庸武俠小說也大大不同，義和情成為最重要的內在元素。基本上，他承繼了中國傳統文化上「俠」的觀念，而同時又注入新而豐富的解讀，比之前的武俠小說，或者更早期的俠義小說，人物更鮮明深刻，背後承負的文化精神價值，更為深厚。從小說創作的角度來看，當然影響了他對人性描寫的方法與方向：

> 金庸以及他所代表的新派武俠小說沿著民初的武俠小說道路發展，並有所突破，它真正對俠進行了現代闡釋，完成了古典武俠小說向現代武俠小說的轉化。金庸繼承了民初武俠小說的傳統，在義與情的矛盾中偏重於情。但金庸不限於寫情，而是著重刻畫俠的完整人格，即寫人性。金庸把俠當作真正的人而不是理念化身來闡釋……他以現代小說的寫法來寫武俠小說，而人性則是突破口。[9]

金庸小說中的俠，超越前人，有更多道德倫理的灌注，有

---

9.   楊春時：〈俠的現代闡釋與武俠小說的終結〉，收於《金庸小說與二十世紀中國文學國際學術研討會論文集》（香港：明河社出版有限公司，2000 年），頁 181。

更完整的人格，在承繼傳統小說的民族形式的同時，已不同於「風塵三俠」、宋江、李逵等人。許倬雲指出：

> 到金庸後期的作品，武俠小說始探索人性本身，擺脫了兩分法的公式，勾畫了人性本身，呈現禪的意味。金庸筆下的悲喜劇，實際上已脫離了「俠」的窠臼，進入純文學的境界，也就不宜再以任俠觀念加以討論了。[10]

在上卷談唐詩的時候，曾引用《神鵰俠侶》第二十一回，郭靖借欣賞杜甫來教導楊過：「文武雖然不同，道理卻是一般的」；「人生在世，便是做個販夫走卒，只要有為國為民之心，那就是真好漢，真豪傑了」。重俠不重武，是金庸武俠小說的重要意旨。因此前文指出他在書中設計的武術，沒有真實武功作根據，反而是採取一種浪漫的聯想描畫的角度，把武功結合到中國文學和文化之上，而且強調讀者形象化的聯想和把握，這種讀者接收的角度，則完全是文學創作的考慮。

儒而俠，大抵也是金庸的理解。這所謂「儒」，當然不是講究讀書人（儒）的學問，而是中國傳統讀書人所有的家

10.　許倬雲：〈任俠〉，收於劉紹銘、陳永明編：《金庸小說論卷》（上）（香港：明河社出版有限公司，1998年），頁184。

國承擔和仁厚正義，對國家和受苦的人，所以是「奮不顧身，拔刀相助」。《神鵰俠侶》第四十回，在華山之巔，朱子柳說郭靖不是朱家、郭解之輩，顯出金庸對他筆下的「俠」，有自己的一套定義：

> 朱子柳道：「當今天下豪傑，提到郭兄時都稱『郭大俠』而不名。他數十年來苦守襄陽，保境安民，如此任俠，決非古時朱家、郭解輩逞一時之勇所能及。我說稱他為『北俠』，自當人人心服。」（第四十回）

只是，金庸小說中的俠，還有「大小」之分，這「俠之大者」的「俠」，要求更高。不獨重情重義，而且還有傳統文化中，許多對完整人格的期盼與承擔。朱家、郭解是《史記》的〈游俠列傳〉提到的人物，他們與郭靖的不同，是郭靖用一生「保境安民」，背後是道德和情義的公心。金庸在北京大學演講，說過：「俠主要是願意犧牲自己，幫助別人，這是俠的行為。俠不一定是武俠，文人也有俠氣的。」這種對「俠」的詮釋和演繹，使金庸小說不但故事情節吸引讀者，也為小說中的人物，特別是「俠」的人物，承接「重俠不重武」文化傳統的同時，標舉了「為國為民，俠之大者」的人格氣魄，亦開展了更新更廣闊的文學和文化視野，非常值得重視。

第四章＿＿＿＿＿西方文學影響

研讀金庸武俠小說的其中一個重要意義，是通過極受歡迎和稱頌的文學作品，分析其上承中國傳統小說文化，橫接西方現代文學藝術等影響下，如何在二十世紀五十年代的香港，為武俠小說摸索突破，完成並留下一批優秀的小說作品。這樣的討論，不獨對武俠小說，對中國文學和香港文學的認識理解，也很有意義。

金庸自謂所運用的小說語言，受中國古典白話小說影響很大，而且不欣賞西化形式，不過小說的表達手法上，則糅合很多西方文學和藝術的表現方式。西方文學在晚清開始大量傳入中國，各種文體中，小說以非常突出和重要的姿態，自晚清開始，站在中國文學史前所未有的高度。梁啟超高呼「小說乃文學之最上乘」，林琴南等人翻譯了大批西方小說，令中國文人接觸到完全不同於中國文學風格和習慣，特別是小說傳統的西方文學。其後的五四新文學，出現了魯迅、郁達夫等一大批受到東西洋文學影響深遠的作家。因此，武俠小說的寫作，不管是「舊派」或「新派」，這種西方文學以至後來五四新文學運動帶來影響和衝擊，是自然不過的事情。像梁羽生，就曾在文章中直接

承認自己寫作武俠小說，受到西方文學影響：

> 《七劍下天山》這部小說受到英國女作家伏尼契的《牛
> 虻》影響的……《七劍》之後的一些作品，則是在某些
> 主角上取其精神面貌與西方小說人物的相似，而不是作
> 故事的模擬。如《白髮魔女傳》主角玉羅剎，身上有安
> 娜‧卡列尼娜不能忍受上流社會的虛偽，敢於和它公開
> 衝突的影子。《雲海玉弓緣》男主角金世遺，身上有約
> 翰‧克里斯多夫寧可與社會鬧翻也要維持精神自由的影
> 子，女主角厲勝男，身上有卡門不顧個人恩怨，要求個
> 人自由的影子……運用一些西方小說的技巧，如用小
> 說人物的眼睛替代作者的眼睛，變「全知觀點」為「敘
> 事觀點」……《雲海玉弓緣》中金世遺最後才發現自己愛
> 的是厲勝男，就都是根據弗洛伊德的潛意識理論。[11]

至於金庸，他在五十年代開始寫作武俠小說，中國傳統小
說中的最主要類別的章回小說，對他自然有很大很深的影
響，但以一個喜愛文學、博覽中西群書的小說作者來說，
西方小說特質和寫法技巧對他產生影響，完全可以理解和
想像，而且成為今天評論和欣賞金庸小說的重要切入點。

11.　梁羽生：〈與武俠小說的不解緣〉，原載新加坡《聯合早報》1999 年 6 月
　　　11、12、18、19 日）。

沈西城在《金庸逸事》回憶金庸說：

> 到進大學，開始接觸西方小說，期間，也看過不少偵探
> 小說，因而覺得寫武俠小說，單靠一種手法是不行的，
> 最好多變。換言之，若能向西方文學取經，將中西寫作
> 技巧融匯結合起來，那就好了。不過，我絕不主張文字
> 歐化，只——（語調堅定）借用西方技巧。

不主張文字歐化，但借用西方技巧，是金庸寫小說的技
法。這些西方文學的影響，在金庸武俠小說清楚容易可
見。讀者大抵可從兩方面觀察思考：一者是以故事情節的
間入或改寫，另一方面是手法技巧或氣氛情味。對於後
者，固然需要更多的探討和驗證，而且金庸在多次接受影
像或文字筆錄的訪問，並沒有流露出今天讓我們直接取得
結論的自覺表達。

以題材直接運用的，讀者未必需要以索引的方法一一尋繹
其來源，因為從賞析的角度看，作用不大，而且也常常誤
中副車。像《連城訣》中狄雲的遭遇，總容易讓人想到大
仲馬的《基度山恩仇記》，不過金庸自己在《連城訣》的
〈後記〉明言，故事來自家中一位親切的老人，長工和生：

> 這件事一直藏在我心裏。「連城訣」是在這件真事上發
> 展出來的，紀念在我幼小時對我很親切的一個老人。和
> 生到底姓甚麼，我始終不知道，和生也不是他的真名。
> 他當然不會武功。我只記得他常常一兩天不說一句話。
> 我爸爸媽媽對他很客氣，從來不差他做甚麼事。(《連城
> 訣》〈後記〉)

雖然如此，但金庸喜歡讀大仲馬，也是事實。他喜歡讀西
方小說，影響了寫作的素材也是合情合理之事。楊興安
在《金庸小說與文學》一書的第八章〈小說素材與寫作技
巧〉，引錄和分析了一些金庸小說的情節，見出金庸小說
在這方面的特色。在明河社二〇〇七年出版的《金庸散
文》中，其中兩篇文章，分別是〈觀影之一：西方文學〉
和〈觀影之二：莎士比亞〉，足見他對西方文學和電影有
濃厚的興趣和深刻的認識。他一九九五年三月接受內地學
者嚴家炎的訪問，談了許多閱讀西方文學的興趣：

> 我只好轉而到中央圖書館去工作，那裏的館長是蔣復
> 聰，他是蔣百里先生的侄子，也是我的表兄。我在圖書
> 館裏一邊管理圖書，一邊就讀了許多書。一年時間裏，
> 我集中讀了大量西方文學作品，有一部分讀的還是英
> 文原版⋯⋯我比較喜歡西方十八十九世紀的浪漫派小

說，像大仲馬、司各特、斯蒂文生、雨果。這派作品寫得有熱情，淋漓盡致，不夠含蓄，年齡大了會覺得有點膚淺。後來我就轉向讀希臘悲劇，讀狄更斯的小說。俄羅斯作家中，我喜歡屠格涅夫，讀的是陸蠡、麗尼的譯本。至於陀士妥耶夫斯基、列夫·托爾斯泰的作品，是後來到香港才讀的……戲劇中我喜歡莎士比亞的作品。莎翁重人物性格、心理的刻畫，借外在動作表現內心，這對我有影響。

此外，在各類西方小說中，偵探小說對金庸武俠小說也有明顯的影響。接受林以亮訪問時，金庸說自己很喜歡看西方偵探小說：

偵探小說我一向都喜歡看。偵探小說的懸疑和緊張，在武俠小說裏面也是兩個很重要的因素。因此寫武俠小說的時候，如果可以加進一點偵探小說的技巧，也許可以更引起讀者的興趣……阿加莎·克里斯蒂，她的小說我差不多全部看過……喜歡的都是與本行有關的。譬如司各特、大仲馬。他們在英國文壇、法國文壇，地位都不高，但是我個人卻最喜歡看這類驚險的、衝突比較強烈的小說。

嚴家炎在〈《連城訣》簡評〉一文，分析《連城訣》的佈局結構，指出金庸受到偵探小説的影響，大大增強了小説的吸引力：

> 《連城訣》在情節構思上成功地吸取了偵探小説的一些套數。重大情節如神秘老丐的奇異出現，戚長發失蹤之謎（先「逃」後「死」，「死」而又「逃」），連城劍譜之多次轉移（得而復失，失而復得），連城訣數字之隱含意義，較小者如丁典狂暴兇狠地折磨狄雲，血刀老祖與陸天抒在雪丘下較量，等等，無不令人疑寶叢生，懸念突起，可謂精彩異常。

不管是明清公案小説，還是西方偵探小説的影響，我們分析金庸其他作品，這種吸引讀者追看，造成懸疑的手法並不少。當中精彩自然要數《射鵰英雄傳》中「鐵槍廟」的一段。江南五怪在桃花島上被殺，一直都是兇手未明，郭靖誤會，讀者也不肯定誰是兇手。直到鐵槍廟眾人相遇，黃蓉、傻姑和楊康等人在「前台」，步步推理，逐步揭開當日桃花島江南五怪之死的真相，「後台」的柯鎮惡固然緊張驚顫，讀者一邊讀，也是一邊既緊張又入迷。這樣的懸疑情節在《倚天屠龍記》的冰火島上、《笑傲江湖》中令狐沖被困西湖底、《天龍八部》中蕭峰追查帶頭大哥及

自己的身世之謎，都是緊湊迷離，非常吸引讀者。

相比於故事情節和素材的引用挪移，金庸小說受到西方文學在表達手法或寫作技巧的運用，可能更值得重視。像分析《碧血劍》，會有明暗主角的說法，就如陳墨在《陳墨評說金庸》書中說：「按照作者的構思，這部作品的主人公原是要寫兩個未出場的人物袁崇煥與夏雪宜，就像西方文學名作《瑞貝卡》那樣寫法。」

另一個經常被論者引用的例子是《雪山飛狐》。首先在故事的呈現，大家都會說小說仿效日本作家芥川龍之介《竹林中》。不過金庸清楚說過，《雪山飛狐》是受《天方夜譚》的影響。細加比較，《雪山飛狐》是合眾人之憶述，完整了當年整個故事，與芥川龍之介強調人的自私，重點稍有不同。不過這也是例子，看到金庸吸收現代和西方文學技巧時，對敘述故事的方法和角度有大膽和有意識的嘗試，與此同時，一些現代西方文學中重視或強調的文學觀念或手法，包括敘事觀點、心理描寫、象徵暗示等，金庸武俠小說也會重視和運用。

談小說寫作，繞不過敘事觀點的討論。陳平原在《中國小說敘事模式的轉變》一書，參照拉伯克、托多羅夫‧熱奈

特的理論，區分出「全知敘事」、「限制敘事」和「純客觀敘事」三種敘事角度。[12] 從敘事角度的運用來看金庸武俠小說，基本上主要仍是傳承中國傳統小說的一路，惟其中又自有發展變化。陳平原說：「可以這樣說，在二十世紀初西方小說大量湧入中國以前，中國小說家、小說理論家並沒有形成突破全知敘事的自覺意識，儘管在實際創作中出現過一些採用限制敘事的作品。」金庸小說的敘事角度，基本上以全知觀點為基調，但限制敘事的運用卻大量出現，而且各種敘事模式交錯運用，自然流暢，令故事展現得豐富完整。這是一個大課題，篇幅所限，本書只能舉一些例子，以見金庸敘事手法純熟圓暢，真正把傳統小說的「說故事」，利用文字描寫和不同敘述角度，令讀者以豐富不同的角度進入，成為「寫小說」的文學行為。

作者以全知觀點為基調敘述故事，因此許多故事中人物不能知的事和理，在作者文字補綴中，讀者不難明白。例如張無忌不會知道《九陽真經》為何在猿猴腹中，但通過作者的文字，讀者可以知道；作者有時會跳出來，對書中人和事評論一番，像上卷第六章就談及《鹿鼎記》結尾，金庸忍不住大談「中國立國數千年，爭奪帝皇權位、造反研

---

12. 見該書第三章〈中國小說敘事角度的轉變〉。陳平原：《中國小說敘事模式的轉變》（香港：中文大學出版社，2003 年）。

殺，經驗之豐，舉世無與倫比……」。這樣的筆法，是《史記》「太史公曰」的史傳傳統，敘事觀點則完全是作者無所不知的全知視角。

中國傳統小說在發展過程中，也摸索和嘗試不同的敘述角度，至少到了晚清民初的階段，一些新的敘事手法和角度，在許多小說已經出現。陳美林等人著《章回小說史》已指出：

> 等到章回小說發展到《老殘遊記》時，像「老殘」這樣具有象徵意義的敘述人，其敘述身份已經極為明顯，而且他既是貫穿全書的人物，又算不上主要人物，因為他的性格、命運並不是作品所要塑造的主要目標。他在作品中的結構價值遠遠大於他的形象價值。

只是金庸更善於運用限制敘事，特別是借人物所看到和聽到，或者是心裏所想，描寫表達。這本來是中國傳統小說早有的技巧，一些成功的作品更有不少精彩示範，例如《紅樓夢》中，寶玉和黛玉初次見面，曹雪芹便利用黛玉眼中所見描寫寶玉。這樣的人物描寫方法，卻是金庸擅長的慣技，層出疊用，效果奇佳。例如上卷說過金庸很喜歡程英這人物，他在《神鵰俠侶》就借黃蓉來描寫她：

> 這一日艷陽和暖，南風熏人，樹頭早花新著，春意漸
> 濃。程英指著一株桃花，對黃蓉道：「師姊，北國春
> 遲，這裏桃花甫開，桃花島上的那些桃樹卻已在結實了
> 罷！」她一面說，一面折了一枝桃花，拿著把玩，低吟
> 道：「問花花不語，為誰落？為誰開？算春色三分，半
> 隨流水，半入塵埃。」黃蓉見她嬌臉凝脂，眉黛鬢青，
> 宛然是十多年前的好女兒顏色，想像她這些年來香閨寂
> 寞，自是相思難遣，不禁暗暗為她難過。（第三十八回）

《書劍恩仇錄》第十六回借關明梅內心寫陳正德：「這時忽覺
委屈了丈夫數十年，心裏很是歉然，伸出手去輕輕握住了他
手。陳正德受寵若驚，只覺眼前朦朧一片，原來淚水湧入了
眼眶」；又從陳家洛和香香公主兩人看在眼中，「相視一笑」，
寫這對老夫妻的可愛。這些都是善用觀點人物的敘事技巧。

金庸在繼承章回話本的「講故事」，成為現代文學的「寫
小說」，自然更多利用現代文學或西方文學的技巧和文學
觀念。本來要說金庸小說的技巧特點，尚有很多，例如象
徵和暗示手法的自然巧妙。《神鵰俠侶》的情花、《俠客
行》的「狗雜種」、《笑傲江湖》的東方不敗、《葵花寶
典》，讀者都可以有許多的聯想比附，當中也暗暗呼應中
國文學的「言有盡意無窮」的美學追求。不過其中和人物

塑造關係較重要的，是金庸武俠小說強調人物的心理描寫和表現。這在前文指出金庸重視人物形象的小說觀念相一致，西方小說的大批譯作，再加上五四新文學小說家從理論和創作的數十年摸索、實踐，到金庸小說，這種著重展現人物心理已是小說寫作重要技巧，而且手法多了許多變化，與傳統小說以直敍為主體的模式不一樣。我們看《飛狐外傳》的一段有關福安康和馬春花的情慾描寫：

> 馬春花紅著臉兒，慢慢走近，但聽簫聲纏綿婉轉，一聲聲都是情話，禁不得心神蕩漾。馬春花隨手從身旁玫瑰叢上摘下朵花兒，放在鼻邊嗅了嗅。簫聲花香，夕陽黃昏，眼前是這麼一個俊雅美秀的青年男子，眼中露出來的神色又是溫柔，又是高貴。她驀地裏想到了徐錚，他是這麼的粗魯，這麼的會喝乾醋，和眼前這貴公子相比，真是一個在天上，一個在泥塗。於是她用溫柔的眼色望著那個貴公子，她不想問他是甚麼人，不想知道他叫自己過去幹甚麼，只覺得站在他面前是說不出的快樂，只要和他親近一會，也是好的。這貴公子似乎沒引誘她，只是她少女的幻想和無知，才在春天的黃昏激發了這段熱情。其實不是的。如果福公子不是看到她的美貌，決不會上商家堡來逗留，手下武師一個過世了的師兄弟，能屈得他的大駕麼？如果他不是得到稟報，得知

她在花園中獨自發呆，決不會到花叢外吹簫。要知福公子的簫聲是京師一絕，就算是王公親貴，等閒也難得聽他吹奏一曲。他臉上的神情顯現了溫柔的戀慕，他的眼色吐露了熱切的情意，用不到說一句話，卻勝於千言萬語的輕憐密愛，千言萬語的山盟海誓。

福公子擱下了玉簫，伸出手去摟她的纖腰。馬春花嬌羞地避開了，第二次只微微讓了一讓，但當他第三次伸手過去時，她已陶醉在他身上散發出來的男子氣息之中。夕陽將玫瑰花的枝葉照得撒在地下，變成長長的一條條影子。在花影旁邊，一對青年男女的影子漸漸偎倚在一起，終於不再分得出是他的還是她的影子。太陽快落山了，影子變得很長，斜斜的很難看。唉，青年男女的熱情，不一定是美麗的。馬春花早已沉醉了，不再想到別的，沒想到那會有甚麼後果，更沒想到有甚麼人闖到花園裏來。福公子卻在進花園之前早就想到了。（第三章）

這一段引文稍長，但整體卻不見冗沓。懷春少女與踰牆浪子偷情幽歡的描寫，金庸繞過具體的事態和動作，而把描寫焦點，進入人物的內心和意識感覺，具體動作不多，卻把情迷意亂的馬春花寫得很深刻。如果這一段尚未算得上用上很典型的西方現代小說技巧，那麼苗人鳳商家堡尋妻的一幕，更是描寫人物內心情感的佳作：

南蘭頭上的金鳳珠釵跌到了床前地下，田歸農給她拾了
起來，溫柔地給她插在頭上，鳳釵的頭輕柔地微微顫動
……

自從走進商家堡大廳，苗人鳳始終沒說過一個字，一雙
眼像鷹一般望著妻子。外面下著傾盆大雨、電光閃過，
接著便是隆隆的雷聲，大雨絲毫沒停，雷聲也是不歇的
響著。

終於，苗夫人的頭微微一側，苗人鳳的心猛地一跳。他
看到妻子在微笑，眼光中露出溫柔的款款深情。她是在
瞧著田歸農，這樣深情的眼色，她從來沒向自己瞧過
一眼，即使在新婚中也從來沒有過。這是他生平第一次
瞧見。

苗人鳳的心沉下去，他不再盼望，緩緩站了起來，用油
布細心地妥貼地裹好了女兒……他大踏步走出廳去。
始終沒說一句話，也不回頭再望一次。

大雨落在他壯健的頭上，落在他粗大的肩上，雷聲在他
的頭頂響著。

小女孩的哭聲還在隱隱傳來，但苗人鳳大踏步去了……

（第二章）

這一場也一樣，具體動作不多，集中寫人物的內心和情
感。鳳釵的象徵、大雨、雷聲映襯苗人鳳內心痛苦掙扎，

由盼望到最後死心，心理轉折層次複雜，但金庸卻沒有為
人物設計甚麼人物間的行動衝突，連一句對白也沒有，只
是借環境、雷雨，營造氣氛，表達人物痛苦的內心世界和
人物情感上的劇烈矛盾。這樣的心理描寫和處理方法，在
中國傳統小說裏是很少見到的。如果再往中間穿插的一些
段落看，作者同時並列不同人物的內心思想，既是重視心
理描寫，並以之呈現人物處境矛盾的做法，也可以清楚看
到金庸武俠小說，在表現手法上，帶著強烈的西方現代文
學的影響，特別是著重心理描寫：

> 她聽到女兒的哭求，但在眼角中，她看到了田歸農動人
> 心魄的微笑，因此她不回過頭來。
> 苗人鳳在想：只盼她跟著我回家去，這件事以後我一定
> 一句不提，我只有加倍愛她，只要她回心轉意，我要
> 她，女兒要她！
> 苗夫人在想：他會不會打死歸農？他很愛我，不會打我
> 的，但會不會打死歸農？
> 苗若蘭小小的心靈中在想：媽媽為甚麼不理我？不肯抱
> 我？我不乖嗎？
> 田歸農也在想他的心事。他的心事是深沉的……（第
> 二章）

至於如《越女劍》，重點寫一個奇異女子的情感和心理。由文種到訪不遇，鏡頭跳接到范蠡和越女阿青並坐在山坡草地上，各有所思，范蠡喃喃想念著西施，阿青眼中只有范蠡，要拔他的鬍子。作者重視人物的心理描寫，放棄設計角色間的正常對答，轉而鑽入人物內心，表達深刻的心理，這有點像茅盾在《人物的研究》中說的「犧牲了動作的描寫而移以注意於人物心理變化的描寫」。這樣的處理，在此書中也是重要的，因為越女的情感和內心，書中沒有直接告訴讀者，而這恰恰也是此人物角色最吸引讀者的地方。越女後來愛上范蠡，要殺西施，最後又在西施美貌之前改變了，前後的心理變化，就成為這本小說最留給讀者餘味想像的地方：「她凝視著西施的容光，阿青面上的殺氣漸漸消失，變成了失望和沮喪，再變成了驚奇、羨慕，變成了崇敬……」金庸武俠小說中，棄用離奇曲折的故事情節，要表達複雜的人物內心情感和變化，當然也是現代文學重視展現人物心理的影響。

最後略談一下小說語言。金庸小說的語言主要得力於傳統漢語，上文引述的訪問中，他已表達過，而且認為要小心不良的西化。整體來說，金庸運用的小說語言，吸收古典文言的蘊藉豐厚，也有來自傳統白話小說的明朗暢淨，融合現代散文。所以有一些會如黃蓉在見到華箏時，跟郭靖

說：「靖哥哥，我懂啦，她和你是一路人。你們倆是大漠
上的一對白鵰，我只是江南柳枝底下的一隻燕兒罷啦。」
這是傳統文言表達的語言味道。在金庸各本小說中，《白
馬嘯西風》的語言比較特別，經常會運用現代白話散文
美文的寫法，產生強烈的文學抒情味道。「時日一天一天
的過去，三個孩子給草原上的風吹得高了……永遠不能
再回到從前幼小那樣迷惘的心境了」，結尾描寫文秀在愛
情路上的失落與惘然，情味動人，是優秀的白話語言：
「如果你深深愛著的人，卻深深的愛上了別人，有甚麼法
子？白馬帶著她一步步的回到中原。白馬已經老了，只能
慢慢的走，但終是能回到中原的。江南有楊柳、桃花，有
燕子、金魚……漢人中有的是英俊勇武的少年，倜儻瀟
灑的少年……但這個美麗的姑娘就像古高昌國人那樣固
執：『那都是很好很好的，可是我偏不喜歡。』」

難怪陳墨稱讚《白馬嘯西風》說：「這部小說的敘事語言
在金庸的小說中也就顯得極為獨特，它不完全是金庸一貫
的那種以敘事為主體的爐火純青的筆法，而是深藏著感傷
情懷的美文語言及語調。讀過其他的金庸作品，再來讀這
部小說，便會自然而然地感到它的獨異之處。」從這方面
看，《白馬嘯西風》已經是值得重視的金庸小說。

電影與戲劇

金庸於二十世紀五十年代開始創作武俠小說，比之於舊派武俠小說作家，或者更早的傳統章回小說作者，除了西方文學，很容易可以發現他相當受到電影和舞台劇的影響。這一點很多論者都指出過，例如鄺健行在《金梁武俠小說長短談》指出：

> 金庸從事過電影導演工作，熟悉電影手法，研究者有時也把他的小說跟西方電影技巧合起來討論。譬如指出《射鵰英雄傳》裏梅超風要扼殺郭靖之時，筆鋒一轉，而寫梅超風對桃花島舊事的回憶；但卻不是平鋪直敍，而是運用電影倒敍手法，復現當年的特寫鏡頭，然後再接入現場之景。又例如《鹿鼎記》三十二回，一邊是李自成與吳三桂的生命相搏，一邊是陳圓圓對往事的回憶，就像電影銀幕上畫面交迭出現的手法，前例佟碩之指出，後例羅立群指出。

楊興安在《金庸小說與文學》一書同樣指出金庸小說的這種特色，而且予以很高的評價：

> 金庸寫作技巧最重要的手段是在小說中運用影劇手法。

> 金庸因為當過導演，研究過戲劇和電影，對場景的運用，視野的推拉，運用得奇妙之處，可說前無來者。對於把電影和舞台劇的手法融入文學作品之中，在我國即使不是第一人，也是運用得最好的一人。[13]

金庸接受嚴家炎訪問時，也表示自覺有這種電影或舞台劇手法的運用的：

> 我在電影公司做過編劇、導演，拍過一些電影，也研究過戲劇，這對我的小說創作或許自覺或不自覺地有影響。小說筆墨的質感和動感，就是時時注意施展想像並形成畫面的結果。

正因為沉浸日久，甚至有時會不知不覺之間用上了：

> 寫「射鵰」時，我正在長城電影公司做編劇和導演，這段時期中所讀的書主要是西洋的戲劇和戲劇理論，所以小說中有些情節的處理，不知不覺間是戲劇體的，尤其

---

13. 楊興安在書中舉出金庸運用舞台劇或電影手法處理的眾多例子。例如：郭靖黃蓉在牛家村密室療傷；《雪山飛狐》各人憶述帶出故事；《飛狐外傳》商家堡內；《天龍八部》段正淳的愛侶——死在眼前和珍瓏棋局的一場。可參看楊興安：《金庸小說與文學》（香港：新天文化發展有限公司出版，2011年），頁155。

是牛家村密室療傷那一大段，完全是舞台劇的場面和人物調度。這個事實經劉紹銘兄提出，我自己才覺察到，寫作之時卻完全不是有意的。當時只想，這種方法小說裏似乎沒有人用過，卻沒有想到戲劇中不知已有多少人用過了。（《射鵰英雄傳》〈後記〉）

另一位金學專家嚴家炎，在他的〈論金庸小說的影劇式技巧〉一文，就此問題同樣作了很多分析，也列舉了很多例子説明。文章一開始就説：

金庸小說藝術上的成功，是多方面借鑑融會了中西文學藝術的結果，其中得力於戲劇、電影者尤多。在金庸看來，中國古典小說藝術表現上的有些特點，也是和戲劇、電影相通的。

除了這篇文章中引述的幾種處理舞台的形態，[14] 視覺具象的處理，更多得力於電影感強烈的小說手法。鏡頭挪移，畫面跳接式的文字書寫和描畫，在金庸武俠小說的確可以

---

14. 嚴家炎在文章中列舉了金庸運用這些手法的四種形態：第一種是小說場面固定猶如舞台；第二種是小說場面像舞台固定不變，人物主要在講述別人的故事；第三種是小說場面變成舞台分隔成兩半，大半在明處，小半在暗處；第四種是作者將有些人和事放到後台作暗場處理。

找到很多的例子，「電影感」十分強烈，就像《鹿鼎記》
的開始：

> 北風如刀，滿地冰霜。
>
> 江南近海濱的一條大路上，一隊清兵手執刀槍，押著七
> 輛囚車，衝風冒寒，向北而行。
>
> 前面三輛囚車中分別監禁的是三個男子，都作書生打
> 扮，一個是白髮老者，兩個是中年人。後面四輛中坐的
> 是女子，最後一輛囚車中是個少婦，懷中抱著個女嬰，
> 女嬰啼哭不休。她母親溫言相呵，女嬰只是大哭。囚
> 車旁一名清兵惱了，伸腿在車上踢了一腳，喝道：「再
> 哭，再哭！老子踢死你！」那女嬰一驚，哭得更加響了。
> 離開道路數十丈處有座大屋，屋簷下站著一個中年文
> 士，一個十一二歲的小孩。那文士見到這等情景，不
> 禁長嘆一聲，眼眶也紅了，說道：「可憐，可憐！」（第
> 一回）

《鹿鼎記》小說的開始，是充滿電影感和視覺具象的。金
庸下筆首先用「北風如刀，滿地冰霜」八字，寫出了大環
境的背景氣氛，然後把鏡頭落在押送囚車經過的清兵，清
兵的兇殘橫暴，再落入不遠處文士（呂留良）眼中，讀者
隨著金庸的文字，也隨著文士雙眼所看，看到悲慘的景

象。然後鏡頭推移至呂留良父女，接著黃宗羲和顧炎武等隨之登場，再插敘吳之榮借《明史輯略》一書害死莊家上下的事。複雜紛繁的情節，條理清楚，畫面和敘述自然流暢，正得力於這種電影鏡頭手法的運用。

這種電影感強烈的小說開始，在《白馬嘯西風》就更加鮮明具體，讀者彷彿置身戲院觀看電影：

> 得得得，得得得……得得得，得得得……在黃沙莽莽的回疆大漠之上，塵沙飛起兩丈來高，兩騎馬一前一後的急馳而來。前面是匹高腿長身的白馬，馬上騎著個少婦，懷中摟著個七八歲的小姑娘。後面是匹棗紅馬，馬背上伏著的是個高瘦的漢子。那漢子左邊背心上卻插著一枝長箭，鮮血從他背心流到馬背上，又流到地下，滴入了黃沙之中……

先是聲音配樂起，鏡頭由揚起的塵沙，出現白馬李三一家三口。鏡頭不斷移轉，畫面漸漸由受傷的李三，聚焦在受傷而流出的血，以近鏡（Close Up）的形式，像畫家工筆地畫出了浴血逃亡的艱險。這明顯是電影鏡頭手法的運用，如果要拍成電影場景，鏡頭擺位甚至不需甚麼改動。這種寫法，是受影劇的現代藝術方式影響下出現，與中國

傳統章回小說大不相同。

又如《鴛鴦刀》的開始，是一行「四個勁裝結束的漢子並肩而立，攔在當路」，就是一個電影鏡頭。這看上去「勁道十足」的畫面，配合後面太湖四俠的惹笑窩囊，效果更好。這種「近鏡」，甚至「定鏡」的電影手法運用，不獨在小說開頭，很多時在小說結尾，也會運用。例如《雪山飛狐》的結尾，就常為人所討論。結局以胡斐在舉刀欲劈苗人鳳的一刻凝住，既是開放式結局，也彷彿用定鏡收結了全本小說：「胡斐到底能不能平安歸來和她相會？他這一刀到底劈下去還是不劈？」金庸在胡斐思索遲疑之際，間入苗若蘭的思盼，是電影鏡頭交疊跳接的手法，效果強烈。此外，如《倚天屠龍記》結尾：「張無忌回頭向趙敏瞧了一眼，又回頭向周芷若瞧了一眼，霎時之間百感交集，也不知是喜是憂，手一顫，一枝筆掉在桌上。」以物景結情，既是中國文學抒情作品常用手法，像姜白石《揚州慢》的「念橋邊紅藥，年年知為誰生」。但同樣也是鏡頭畫面的巧妙運用，定格在細微事物，收束了《倚天屠龍記》洋洋四大冊的江湖故事。

結 語

學術界中，很早就高度評價金庸武俠小說的陳世驤，在一九七〇年十一月二十日致金庸的信中說：

> 蓋武俠中情、景、述事必以離奇為本，能不使之濫易，而復能沁心在目，如出其口，非才遠識博而意高超者不辦矣。藝術天才，在不斷克服文類與材料之困難，金庸小說之大成，此予所以折服也。意境有而復能深且高大，則惟須讀者自身才學修養，始能隨而見之。細至博弈醫術，上而惻隱佛理，破孽化癡，俱納入性格描寫與故事結構，必亦宜於此處見其技巧之玲瓏，及景界之深，胸懷之大，而不可輕易看過。

的確，金庸憑著深厚的國學文化基礎，再加上學兼中西，在他的武俠小說中，展現豐富多元的中西方文學文化元素，幾乎毫無疑問在過去近百年的武俠小說家中，是融合古今和中西方文學文化於自己作品，達到藝術水平最高的一人。他上承中國傳統文學文化，台灣大學周鳳五在〈須

知書劍本來同〉文中分析其「書劍合一」，正好說明這種融會貫通之功：「我們可以發現，金庸『書劍合一』的觀念，源自他對於傳統書法藝術的了解與熱愛。在寫作技巧方面，他或融會書法理論，或擷取書法用筆，或吸取碑帖神韻，參互貫通，絲絲入扣，寫來無不愜心當理，引人入勝。尤其若干招數之新，設想之奇，誠可謂前所未有，令人拍案叫絕。」這不是對古代和傳統的簡單直線承傳，而是一種沉浸、熱愛、尊重，交融而生的對傳統文化和中國文學的深厚功力，同樣難得而應注意的是，造就金庸小說的優秀藝術水平，還在於他對新文學和西方文學藝術的吸收融會。嚴家炎在〈金庸的「內功」：新文學根柢〉一文中說：

事實上，「五四」新文學和西方文學的根柢，對於金庸武俠小說創作不是起著一般的作用，而是起著決定性的作用，可以說很大程度上決定著小說的思想面貌和藝術素質。如果說中國傳統文化構成了金庸小說豐富的建築材料的話，那麼，「五四」新文學和西方近代文學的修養造就了金庸小說的內在氣質。金庸寫武功時常常強調內功是各門功夫的基礎。我們也可以說，「五四」新文學和西方文學的修養，就是金庸的真正「內功」，雖然他寫的是武俠小說，表面上似乎只採用傳統小說的方式

和語言。金庸事實上是運用中國新文學和西方近代文學的經驗去創作武俠小說、改造武俠小說的。中西古今的豐厚學養，使他的作品已突破了一般通俗文學水準而具有高雅文學的一些特質。

金庸不是詩人，是小說家。從學術淵源追溯，他學兼中西，曾經在電影公司當導演和編劇，對西方戲劇和戲劇理論很有研究，是熟悉現代藝術不同形式的洋才子。這樣的學問背景和素養，令他的作品能「現代融會古典」，正是他把武俠小說這帶有強烈中國形式的體裁，帶出中國形式的框限，從寬闊的文學角度看，結合受西方文學影響的現代文學，在「新」與「舊」之間，取得融合和諧，吳宏一在〈金庸小說中的舊詩詞〉一文中，評論金庸的舊詩詞時說：

> 他在修訂舊作時，增加改作了不少回目與詩詞，而且不願意被只當做「洋才子」看待，不願意只圍限於「新派」作家。他在修訂舊作時，對與舊詩詞有關的部分，似乎特別賣力。上面引文說他在修訂《射鵰英雄傳》時，「開場時」增加了「張十五說書」的情節，我就覺得改得很好，「古意盎然」。就這一點來說，更能突顯出金庸在武俠小說新派舊派交替之間的關鍵地位。他不會「舊」

到今人敬而遠之，望而生畏，但也不會「新」到令人覺得淺薄，不值得回味。

正是這種出入於「新舊」間的和諧優美，形成一種現代古典的吸引力和感染力，令金庸的作品比任何在他身前身後的武俠小說作家，貢獻都重要很多，作品的文學術價值也高很多。

不止新舊，更兼中西。中國小說史上的金庸小說，既繼承傳統中國小說從形式到精神意蘊的精華，又移用西方文學以至電影舞台劇等其他藝術形式的方法和技巧，在中國小說史上，達到前所未有的藝術水平高度。五十年代的香港，造就了這種兼具中西小說美學形式融合的可能。今天再談武俠小說是不是文學，已經連副車都沾不上邊。要重視和知道的是，金庸在這種環境下，寫下了優秀的十五部作品，不獨好看，在整個中國小說史上，是極其重要的一種文學成就。《文匯報》二〇一八年四月四日網上版的一段對金庸小說的評論，說得中肯：

金庸小說的讀者基礎在其兼具「獨特性」和「普遍性」——獨特在於關乎中國文化傳統中的困惑和關懷，普遍在於對人性的觀察和刻畫是放之四海而皆準的。這

使得語言和文化的差異無法阻止金庸小說的傳播。

令人深思的是，金庸小說是中西文學結合的上佳示範和產物，這種情況在五十年代的香港文學藝術界，不同平台有不同的摸索者。像詩人馬朗在一九五七年寫了影響深遠的名詩《北角之夜》，劇作家姚克在一九五六年寫的《西施》，用現代藝術角度思考和演繹這傳統的故事；粵劇編劇家唐滌生，也在這數年寫了許多結合西方藝術表現方法的粵劇劇本。這種上承中國文學傳統，橫接西方文學和其他現代藝術，共同融會出優秀動人文學作品的例子，這年代不難可見。細讀金庸小說，其吸引力正在中西古今的出入穿梭，在曲折多姿的故事情節外，展現多元豐富的小說面貌和敘述結構。如果我們將金庸小說中的一些情節和表達方法，放在古今中外的文學比較中，可以找到不少這些既向上吸收承接中國文學傳統的方法，又同時可以在現代文學或西方敘事文學等看到的技巧。例如《射鵰英雄傳》的最後，華山之上：

> 裘千仞臉色慘白，眼見凶多吉少，忽然間情急智生，叫道：「你們憑甚麼殺我？」那書生道：「你作惡多端，人人得而誅之。」裘千仞仰天打個哈哈，說道：「若論動武，你們恃眾欺寡，我獨個兒不是對手。可是說到是非

善惡，嘿嘿，裘千仞孤身在此，哪一位生平沒殺過人、沒犯過惡行的，就請上來動手。在下引頸就死，皺一皺眉頭的也不算好漢子。」

洪七公道：「我是來鋤奸，誰跟你論劍？」裘千仞道：「好，大英雄大俠士，我是奸徒，你是從來沒作過壞事的大大好人。」洪七公道：「不錯。老叫化一生殺過二百三十一人，這二百三十一人個個都是惡徒，若非貪官污吏、土豪惡霸，就是大奸巨惡、負義薄倖之輩。老叫化貪飲貪食，可是生平從來沒殺過一個好人。裘千仞，你是第二百三十二人！」這番話大義凜然，裘千仞聽了不禁氣為之奪。洪七公又道：「裘千仞，你鐵掌幫上代幫主司徒劍南何等英雄，一生盡忠報國。你師父上官幫主一條鐵錚錚的好漢子。你接你師父當了幫主，卻去與金人勾結，通敵賣國，死了有何面目去見司徒幫主和你師父上官幫主？你上華山來，妄想爭那武功天下第一的榮號，莫說你武功未必能獨魁群雄，縱然當世無敵，天下英雄能服你這賣國奸徒麼？」

這番話只把裘千仞聽得如癡如呆，數十年來往事，一一湧向心頭，想起師父素日的教誨，後來自己接任鐵掌幫幫主，師父在病榻上傳授幫規遺訓，諄諄告誡該當如何愛國為民，哪知自己年歲漸長，武功漸強，越來越與本幫當日忠義報國、殺敵禦侮的宗旨相違。陷溺漸深，幫

> 眾流品日濫,忠義之輩潔身引去,奸惡之徒蠭聚群集,竟把大好一個鐵掌幫變成了藏垢納污、為非作歹的盜窟邪藪。一抬頭,只見明月在天,低下頭來,見洪七公一對眸子凜然生成的盯住自己,猛然間天良發現,但覺一生行事,無一而非傷天害理,不禁全身冷汗如雨,嘆道:「洪幫主,你教訓得是。」轉過身來,湧身便往崖下躍去。(第三十九回)

對西方文化稍有認識的人,讀了這一段,都很容易就會想起《聖經・約翰福音》第八章的片段:有人把一個犯了姦淫罪的婦人帶到耶穌面前,說要用石頭砸死她。耶穌說:「你們當中誰沒有犯過罪,誰就可以先拿石頭砸死她。」結果沒有人走出來。如果將兩個情節片段深入比較,將會是中西方比較文化一個重要而艱深的課題,本文無意,也未必有能力可以做到。只是金庸小說中,能與西方文化觀照並讀,甚而思考討論的地方其實不少。同樣要注意的是,金庸小說這些情節和人物行為背後,卻清晰明顯地看到中國傳統文化思想的浸育與薰陶,看洪七公這一番豪情壯語,背後是儒家思想那份「生命挺立」、「自反而縮,雖千萬人吾往矣」的道德勇氣。所以《論語》有載:

> 司馬牛問君子。子曰:「君子不憂不懼。」曰:「不憂不

懼，斯謂之君子矣乎？」子曰：「內省不疚，夫何憂何
懼？」（〈顏淵〉第十二）

這是從思想內容舉的例子，至於一些小說手法，亦可以見
到金庸武俠小說這方面的特點。例如描寫女子的美貌，不
直接下筆，利用旁觀者的反應來表現，在古今中外的文學
作品，都可以找到。《書劍恩仇錄》寫香香公主和陳家洛
為救小鹿，遇上了清兵，就表現她美得令人不忍，甚至不
敢侵犯：

說也奇怪，這些兵士平素最喜凌辱婦女，但見了那少女
的容光，竟然不敢褻瀆，都是撲向陳家洛。（第十三回）

再往後一回的第十四回，就集中用清兵的「驚艷」來描寫
香香公主的美麗：

清軍官兵數萬對眼光凝望著那少女出神，每個人的心忽
然都劇烈跳動起來，不論軍官兵士，都沉醉在這絕世麗
容的光照之下。兩軍數萬人馬箭拔弩張，本來血戰一觸
即發，突然之間，便似中邪昏迷一般，人人都呆住了。
只聽得噹啷一聲，一名清兵手中長矛掉在地下，接著，
無數長矛都掉下地來，弓箭手的弓矢也收了回來。軍官

們忘了喝止，望著兩人的背影漸漸遠去。兆惠在陣前親
自督師，呆呆地瞧著那白衣少女遠去，眼前兀自縈繞著
她的影子，但覺心中柔和寧靜，不想廝殺。回頭一望，
見手下一眾都統、副都統、參領、佐領和親兵，人人神
色和平，收刀入鞘，在等大帥下令收兵。（第十四回）

至此，金庸仍意猶未足，繼續借清兵和兆惠來描寫香香公
主的不可方物：

兆惠的親兵過來接信，走到她跟前，忽然聞到一陣甜甜
的幽香，忙低下了頭，不敢直視。正要伸手接信，突
然眼前一亮，只見一雙潔白無瑕的纖纖玉手，指如柔
蔥，肌若凝脂，燦然瑩光，心頭一陣迷糊，頓時茫然
失措。兆惠喝道：「把信拿上來！」那親兵吃了一驚，
一個跟蹌，險些跌倒。香香公主把信放在他手裏，微
微一笑。那親兵漠然相視。香香公主向兆惠一指，輕輕
推他一下。那親兵這才把信放到兆惠案上。兆惠見他如
此神魂顛倒，心中大怒，喝道：「拉出去砍了！」⋯⋯
帳下諸將見到她的容光，本已心神俱醉，這時都願為她
粉身碎骨，心想：「只要我的首級能給她一哭，雖死何
憾？」⋯⋯兆惠素性殘忍驁刻，但被她一哭，心腸竟也
軟了，對左右道：「把這兩人好好葬了。」（第十四回）

這種不直接描寫女子美貌，而以看見她容貌的人的反應來表現，在《碧血劍》和《鹿鼎記》描寫陳圓圓美貌時，也用了類近的手法。而在西方，也有很早的淵源，古希臘失明詩人荷馬在《史詩》描寫海倫的美麗，手法相近。海倫的美貌引發了特洛伊戰爭，海倫為此很內疚。她走向特洛伊城上，俯望兩軍戰士，當數萬戰士望著她時，全看傻了，海倫美到兩軍戰士不願開戰，於是兩軍協議休戰一天。可是在古老的中國，早在漢樂府詩中的《陌上桑》，也用了一樣的手法：

> 日出東南隅，照我秦氏樓。秦氏有好女，自名為羅敷。
> 羅敷喜蠶桑，採桑城南隅。青絲為籠繫，桂枝為籠鈎。
> 頭上倭墮髻，耳中明月珠。緗綺為下裙，紫綺為上襦。
> 行者見羅敷，下擔捋髭鬚。少年見羅敷，脫帽著帩頭。
> 耕者忘其犁，鋤者忘其鋤。來歸相怨怒，但坐觀羅敷。

這裏只節錄了此詩的前部分，開首描寫羅敷的外貌，是《詩經》以來的白描手法。後面八句，則完全是借觀者被羅敷美貌所吸引，因此「忘其犁」、「忘其耕」，最有趣之後還要互相怨罵，一副「如夢初醒」的模樣。寫觀者是為了寫被觀者，但觀者的憨態生動形象，也是筆力和可讀之處。這種表面寫觀者，實是為了寫被觀者，在中國傳統章

回小說中不但可見，而且運用得純熟。金聖嘆評楊志與索超教場比武的一節，就曾重點指出此種技巧。這一回楊志大戰索超，作者下筆卻不寫兩人：

……月台上梁中書看得呆了。（夾批：不寫索、楊，卻去寫梁中書，當知非寫梁中書也，正深於寫索超、楊志也。）兩邊眾軍官看了，喝采不迭。（夾批：不寫索、楊，卻去寫兩邊軍官。）陣面上軍士們遞相廝覷，道：「我們做了許多年軍，也曾出了幾遭征，何曾見這等一對好漢廝殺！」（夾批：不寫索、楊，卻去寫陣上軍士。）李成、聞達在將台上不住聲叫道：「好鬥！」（夾批：不寫索、楊，卻去寫李成、聞達。又要看他凡四段，每段還他一個位置，如梁中書則在月台上，眾軍官則在月台上梁中書兩邊，軍士們則在陣面上，李成、聞達則在將台上。又要看他每一等人，有一等人身份。如梁中書只是呆了，是個文官身份。眾軍官便喝采，是個眾官身份。軍士們便說出許多話，是眾人身份。李成、聞達叫好鬥，是兩個大將身份。真是如花似火之文。）（眉批：一段寫滿教場眼睛都在兩人身上，卻不知作者眼睛乃在滿教場人身上也。作者眼睛在滿教場人身上，遂使讀者眼睛不覺在兩人身上。真是自有筆墨未有此文也。此段須知在史公項羽紀諸侯皆從壁上觀一句化出

　　來。）（《金聖嘆批水滸傳》第十三回）

括號內所引的是金聖嘆的批語，他不但指出了《水滸傳》
作者上承了史傳傳統，更充分利用觀者的反應，寫出了索
超與楊志惡鬥的可觀，而且細緻地分析了不同觀者的身份
和層次。以之看金庸描寫香香公主的美貌，也不但正好結
合中西方經典文學都曾運用的手法，而且利用士兵和大將
軍兆惠，身份地位不同，反應不同，但同都是表現描繪了
香香公主驚艷絕世，動人也懾人的美麗，手法正與金聖嘆
分析《水滸傳》相似。金庸沒有說，但這種兼融中西文學
手法，讀者細讀，清楚可見。

這種融會兼採，在金庸武俠小說中，有時已經純熟自然得
無斧鑿痕跡。例如《俠客行》的開場，就兼具中國傳統
章回以至現代電影的鏡頭技巧。小說下筆引唐詩《俠客
行》開頭，這是傳統章回小說慣見形式，然後金庸以說書
人口脗介紹時空歷史，也是中國章回小說的程式化表達。
可是再寫下去，筆法陡轉。緊接人物正式出場，就將鏡頭
落在小鎮侯監集的一場爭奪「玄鐵令」的生死相搏。接著
的篇幅，以電影鏡頭將眾人的廝殺描繪得極具畫面感覺。
尤其精彩而電影鏡頭感覺強烈的處理，是當大家為爭寶各
有人命傷亡，滿目頹垣：「鬧了半天，已黑沉沉地難以見

物，眾漢子點起火把，將燒餅店牆壁、灶頭也都拆爛了。
嗆啷一聲響，一隻瓦缸摔入了街心，跌成碎片，缸中麵粉
四散得滿地都是。」這時，金庸像電影導演般，繼續拿著
鏡頭，從廣闊的小鎮長街的環境，慢慢聚焦在街角，拍攝
下最重要的一個畫面：「暮靄蒼茫中，一隻污穢的小手從
街角邊偷偷伸過來，抓起水溝旁那燒餅，慢慢縮手。」這
就是全書主角石破天的出場，這「狗雜種」後來種種不幸
的遭遇和屢次被欺凌遺棄，在這鏡頭中似已預示和展現。
《俠客行》全本小說開場的一幕，氣氛緊湊，情節逼人，
結合傳統中國古典小說形式和現代電影鏡頭表現方法，場
面處理既營造吸引讀者的氣氛，亦配合人物形象，非常
成功。

這種比較分析，讓我們看到金庸小說內容思想和技巧手
法，背後是古今縱橫的中西方文學融會。不過如果過分追
溯，未必有最理想的效果，這就像討論金庸作品有時會有
一種盲點，就是努力為金庸作品的人物和寫法找原型或承
接的對象。葉洪生在〈論金庸小說美學及其武俠人物原
型〉，滔滔絮絮，說了許多金庸人物原型，認為金庸塑造
這些人物都或有所本，例如說岳不群是臥龍生《玉釵盟》
的「神州一君」易天行，金庸在閉幕發言時直接否認：「岳
不群是偽君子，他的原型相信是孔子在《論語》中所說

的『鄉愿，德之賤也』⋯⋯中國社會中任何地方，任何時代都有偽君子，不必到書中去找『原型』。」人物處理如此，文學手法也如此，分析過程中，我們條分縷析，爬梳金庸小說中的血脈源流，固然是負責任而有意義的行為，但同時亦要注意「黏連」有度，否則就只餖飣瑣碎的文學考究。吳宏一比較金庸和梁羽生的舊詩詞運用時，曾概括總結：

> 我以為金庸小說中的詩詞，不像梁羽生以抒情為主，而以敘事說理的居多，不管是出於他自己的創作或摘引前人的作品，這些詩詞通常是用來描寫書中的景物，或刻畫角色的個性，或抒發書中人物的情感；它們隨著情節的發展而自然呈現，隨著書中人物的活動而充滿新機能，它們變成了書中的一部分，讀者不應只著眼於把它們獨立出來討論它們的出處。小說畢竟是小說，不要用做古典文獻研究的功夫去苛求它。即使站在研究立場，探討金庸詩詞的來歷，也應該注意及此。

我以為不但詩詞，談金庸小說中的中國文學，不論何種文體，都不只是摘錄，然後指出其技巧作用，再查考其出處，而是應該看得出這些運用，整體地造就和形成金庸小說的藝術特色和風格，進一步可以看出金庸小說，在中國

小說，甚至整個中國文學史，如何承繼和影響著其他時代
和作家的作品。由金庸小說裏的中國文學，到中國文學裏
的金庸小說，我們可以更認識金庸小說，也可以更認識中
國文學。

儘管本書在上卷條分類引地羅列了許多金庸小說中的中國
文學作品，但這不代表我們應該如此割裂或零碎地理解金
庸小說與中國文學的關係，而且認為那是重要的。相反，
明白金庸小說徜徉在中西方文學技巧手法，吸收古典與現
代文學藝術的敘述構建與表達處理，浸淫衍化，成就自己
獨特的藝術高度，可以說，他的小說，吸收承繼數千年古
典文學發展，兼採西方小說和影劇的表現手法，筆法、技
巧和空間情味等，早跳出中國文學或藝術美學的框限，融
合並取，成就整個二十世紀往還，都無法複製的武俠小說
巔峰。

附 錄

由紅拂到黃蓉：金庸筆下的女性慧眼

中國傳統社會以男性為主，男尊女卑。孔子也說「惟女子
與小人為難養也」，孔子是否歧視女性，並非本文要旨，
但中國傳統社會女性地位遠及不上男性，即由中國文學角
度審視，無論由作者到作品內容和思想趣味，都明顯可
見。歷代雖有班婕妤、蘇蕙、李清照、朱淑真和柳如是等
在不同時代互相輝映的優秀女作家，但比之男子，作家群
的數目和整體成就相距甚遠。只是在文學作品具體內容
中，女性形象卻經常成為被描寫，甚至歌頌的對象，而在
藝術處理上，又非常成功，成為研賞中國文學，必須重視
的一環。

明清四大章回小說中，只有《紅樓夢》集中寫女性，而且
藝術成就極高，其餘三部作品中的女性，都不是重要角

色，即使有，也常是禍水反派，這是中國傳統英雄或歷史演義性質的敍事文學常見。只是文學作品反映客觀現實世界的人情事物感思，既不可能摒除女性人物，也合理自然寫到女性的情感思想和遭遇處境。早在《史記》、《搜神記》和《世說新語》等流傳千世的優秀中國文學作品，就出現很多鮮明突出的女性人物形象。唐宋之後，敍事文學作品中的女性人物形象更多，而且常比男性人物形象更深刻具表現力。唐宋傳奇的紅拂、李娃、李師師，元代的竇娥、趙盼兒、紅娘、崔鶯鶯，以及明清的杜十娘、白素貞、杜麗娘、李香君、林黛玉、薛寶釵及王熙鳳等，都是中國文學史上的不朽女性人物藝術形象。

中國古代文學的作者群絕大部分是男子，他們以男性角度下筆，流露和表達的亦多是男性趣味和倫理價值。與此同時，以言志抒情的中國文學傳統，文人的入世關懷，又令中國歷代文學展現同情女性，挖掘現實上女子被欺壓的真相，反映批判客觀的時代和社會；而一旦當這些在作品中的女性選擇反抗的時候，所形成的矛盾衝突，會更具藝術張力，這樣的「性別關懷」，或許是中國文學經常以女性為描寫對象的重要原因。加上閨怨，代擬等故意騰挪敍述角度的作品，男性作者每是別有幽懷，中國文學中的女性描寫，變得多元多層次，非常重要可觀。

由這方面切入，金庸小說可謂上承了傳統中國文學一個重
要的特色，而且予以發揚，達到更豐富多姿的層次情狀。
武俠小說從源流看，由《史記》始，再下開至唐宋的俠
義傳奇，英雄兒女，結合歷史興亡，逐鹿問鼎，但卻不
像《水滸傳》、《三國演義》等，不重視女性角色。相反，
金庸武俠小說中塑造了大批女性人物形象，鮮明動人，成
功而甚至家喻戶曉，成為某種性格人物的定型，比之男性
人物形象，無論藝術技巧和感染力，都毫不遜色。例如小
龍女、李莫愁、滅絕師太、香香公主等，都成為某種女性
形象特性的代稱，一如我們說某女孩子是「林黛玉」，就
代表了某種性格氣質。這種概括力和表現力如此強烈的
女性人物形象，遍讀近二三百年的中國文學作品，《紅樓
夢》之後，僅在魯迅等現代文學優秀作家的小說中零星出
現過。

金庸筆下有面目性格名字的女性人物形象，信二三百計。
眾多人物，但性格身份以至行事，跨度之寬廣和深邃，空
前未見。由千金公主到青樓歌妓、大家閨秀到小家碧玉、
如傻姑傻憨癲狂到黃蓉的慧質靈巧；有超然物外仙子般的
小龍女，也有意亂情迷的馬春花，亦會有歹毒得有點變態
的康敏；由極善良到極惡毒、極可愛到極討厭的人物都
有。即使同是佛門中人，也會有恆山三定、滅絕師太、儀

琳和九難的分別，人物形象粲然大備，大大豐富了中國文學一直以來女性形象的性格和種類，單這一點，已是金庸武俠小說在中國文學上的重要發展和貢獻。

寫法上，金庸超出了傳統描寫女性人物的手法和角度。另一方面，眾多女性人物性格氣質相近者有，但絕不重複；在相近性格、出身或氣質特性相近的女性人物中，金庸又經常能細致具體地寫出其中的分別，絕少出現重複雷同，例如同是任性乖戾，被視作妖女，任盈盈、殷素素和趙敏有異樣的愛恨；同是脫俗單純，美艷驚世，香香公主、小龍女和王語嫣令人傾倒的原因不同；同是偏激凶狠的出家人，李莫愁和滅絕師太是兩種執著；同是愛護子女的慈母，寧中則與閔柔流露了不同的剛柔；同是豪爽俠烈的女中豪傑，霍青桐、何鐵手和胡夫人展現各自英風；同是可愛可憐的侍婢，阿朱、阿碧、雙兒和小昭又毫不一樣；韋小寶七個老婆，就是七種不同的女性。這種各有面目，纖毫入細的筆法，也是《紅樓夢》以來，不容易見到的例子。

要區別的是，跟中國文學的出色女性形象相比，金庸武俠小說中的女性人物雖然形象鮮明深刻，但很少會回應、反映或者介入作者所身處的年代，這是我們分析金庸女性形象，以至各色人物時，不應忽略或迴避的情況。優秀的文

學作品，總向內能刻劃探索人心情感性格，就如金庸愛說的「寫人物，就是要寫人性」；但同時向外，也展現反映客觀世界和時代的種種。唐傳奇的小玉和鶯鶯，是高門大族和科舉高揚下愛情故事的可憐女性；竇娥的苦難，因為元代社會的「官吏每無心正法，使百姓有口難言」；杜麗娘的遊園傷春，寫出明代困人的時代精神；李香君的剛烈忠貞，只有在如明清交接的國亡之世，才表現得如此激動人心。

金庸小說的女性，儘管性格如何可人，刻劃怎樣具體生動，仍是故事中時代情景的人物角色，這是武俠小說先天上容易有的框限。武俠小說寫人性，或者就如金庸自己在《笑傲江湖》後記解釋為何故事沒有時代背景所說：「因為想寫的是一些普遍性格，是生活中的常見現象，所以本書沒有歷史背景，這表示，類似的情景可以發生在任何朝代。」

對於讀者來說，對這一大群女性人物的評品和喜惡，站在甚麼角度，決定了的你的口味和興趣。放不開的女性讀者，看見金庸大部分作品都是一男多女的愛情結構模式，又或是無論多聰明美麗、驕蠻任性的女角，如趙敏、任盈盈、黃蓉，無一不折服在男主角的情愛之下，總難免有些

不服氣，或者要罵一句好大男人的金庸。客觀地看，金庸較側重以男性角度下筆，但他為許多男主角都注入令女角傾倒的元素，讀者需留意這些元素往往是他在該部作品中，特別是前期作品，努力張揚弘顯的價值觀，例如陳家洛的忠、袁承志的義、郭靖的俠、楊過的情、張無忌的仁和令狐沖的隱逸自由。如果說金庸小說充滿大男人主義，或者可以說，他是要把一切女性都寫成傾心於這些他在書中努力張揚的價值觀中。

金庸武俠小說以男性角度下筆，男性趣味，寫到女子，自容易流連於男女私情，所以金庸小說中的女性，不論身份地位、出家入世、年齡樣貌、武功高低，大部分都繞不過「愛情」的關係。比之男性人物形象，金庸筆下的女性人物，為「情」所牽繫影響更深更大。我特別要提的例子是黃蓉，因為在金庸小說的女性人物中，我最喜歡黃蓉 —— 由東邪之女到郭大俠之妻。要說，還是先從黃蓉喜歡郭靖的愛情故事說起。

好郭靖，俏黃蓉！

金庸小說中的情侶，郭靖黃蓉經常被評為最不合理的一對。我的看法不同，我最喜歡這一對，而且認為不但合

理，更是傳統中國形式（金庸愛說）的才子佳人情愛價值觀的武俠小説版示範。

與很多其他金庸小説的女主角不同，黃蓉的行事性格最像一般人，是以丈夫兒女為一切考慮的平凡婦人。她聰明機敏，智謀百出，有她在的場口，幾乎都絕無冷場，在郭靖面前又永遠的淘氣可愛，即使到了《神鵰俠侶》，仍然未改。《神鵰俠侶》第二十七回寫郭靖要砍掉郭芙一臂以還楊過，她為救女兒而用計點了丈夫的穴道：

> 黃蓉又將兒子放在丈夫身畔，讓他爺兒倆並頭而臥，然後將棉被蓋在二人身上，說道：「靖哥哥，今日便暫且得罪一次，待我送芙兒出城，回來親自做幾個小菜，敬你三杯，向你賠罪。」說著福了一福，站起身來，在他臉頰上親了一吻。郭靖聽在耳裡，只覺妻子已是三個孩子的母親，卻是頑皮嬌憨不減當年，眼睜睜的瞧著她抿嘴一笑，飄然出門。

黃蓉聰明絕頂，在前後共八十回的《射鵰英雄傳》和《神鵰俠侶》，可謂機謀百出，事事上風，《神鵰俠侶》中，一燈大師也譽之「大智大勇」。她雖然任性，但從來沒有做越格狠辣之事，不像殷素素先用蚊鬚針打傷俞岱巖，後

滅龍門鏢局一家七十二口，鑄下彌天大禍；至於趙敏，在萬安寺以迷藥圍捉六大派高手，害死許多正派人士，手下又重創殷梨亭，全是難以補救的惡事，令自己和情郎愛情留下重創。黃蓉自認識郭靖，幫助他跟洪七公學藝、因郭靖要守金刀駙馬的信約而肝腸寸斷、為江南五怪遇害而受盡冤枉委屈、獻計攻破花剌子模、活捉殺父仇人完顏洪烈、為他誕下兩女一子，最後更陪伴他力守襄陽，一生相伴走過無數難關，如此好妻子好情人，人間難求！

許多人質疑，絕頂聰明的黃蓉，怎會喜歡愚魯笨拙的郭靖，黃蓉應該嫁一個聰明機巧的人才合理。這是黃藥師的想法，不是黃蓉的想法，最重要是絕對不是金庸和聰明讀者的想法。在充滿儒家思想精神的《射鵰英雄傳》裡，洪七公和郭靖代表了人性的最高境界，郭靖的一生，由樸實忠厚的小子，到最後成為為國為民的一代大俠，是中國儒家仁義思想的具體而崇高的展現。中國文化對人性的理解和期望，就是這種向善的發展和完成，「人人皆可為堯舜」，深藏在文化價值倫理，成為期望和崇敬的對象，所以到最後，這位「北俠」，不但岳丈黃藥師喜歡，而且百姓景仰倚仗，天下英雄都望風敬服。

黃蓉聰明跳脫，但內心趨慕的正是這種出洪七公和郭靖所

代表的仁厚正直和俠義。所以細讀整部《射鵰英雄傳》，黃蓉雖然頑皮胡鬧，但對洪七公是打自心底裡非常尊敬的，她喜歡郭靖，因為她清楚知道郭靖性格上的優點，而那是全書中標舉的最高價值觀。黃蓉選擇郭靖，是預備了和他一起為成就「俠之大者，為國為民」而付出，絕不言悔。在《射鵰英雄傳》的最後一回，兩人來到襄陽，眼見孤城將破：

> 黃蓉道：「蒙古兵不來便罷，若是來了，咱們殺得一個是一個，當真危急之際，咱們還有小紅馬可賴。天下事原也憂不得這許多。」郭靖正色道：「蓉兒，這話就不是了。咱們既學了武穆遺書中的兵法，又豈能不受岳武穆『盡忠報國』四字之教？咱倆雖人微力薄，卻也要盡心竭力，為國禦侮。縱然捐軀沙場，也不枉了父母師長教養一場。」黃蓉歎道：「我原知難免有此一日。罷罷罷，你活我也活，你死我也死就是！」

黃蓉可愛，因為她獨具慧眼，用潮流說話是「識貨」，在人人視郭靖為傻小子蠢材的時候，她已經毫無猶疑地喜歡他。郭靖沒有令狐沖、楊過的機靈跳脫、油腔滑調；不是陳家洛、袁承志、張無忌和喬峰的很早便武功絕世，領導群雄，黃蓉認識郭靖時，他只是一個傻小子，大好

人，與穆念慈傾心於楊康，恰可成為最好的對照。「眾人皆欲殺，吾意獨憐才」，這其實是中國傳統小說戲曲中，常見而又深含的愛情價值。《射鵰英雄傳》中，黃蓉在湖上初以女裝見郭靖時說：「我穿這樣的衣服，誰都會對我討好，那有甚麼希罕？我做小叫化的時候你對我好，那才是真好」；黃蓉看重郭靖，道理何嘗不一樣！所謂「才子佳人」，「落拓秀才不遇，千金小姐後花園贈金」，就在這份慧眼和信任，宋元以至明清的小說戲曲，「十部傳奇九相思」，說的常是這種愛情故事，用現代女性主義的學理看，或許會說這是男性趣味，性別傾斜，是對的 —— 但這也是中國傳統文學的現實。

黃蓉可愛，因為她在郭靖武功低微，中原武林人人不看重他的時候，選定了他。因為這份選定，願意為了丈夫，放下自己，跟他走她獨自一人不會走的路，過程中，也成就了自己光彩奪目的一生。《射鵰英雄傳》中的少女黃蓉，淘氣也任性，當郭靖催促著要為王處一尋找解藥，否則他可能會殘廢。她會生氣說：「那就讓他殘廢好了，又不是你殘廢，我殘廢。」可是到了《神鵰俠侶》的故事中段，金輪法王來襲襄陽城，受重傷的郭靖想拚死保護妻子，金庸這樣寫：「郭靖臉色微變，順手一拉黃蓉，想將她藏於自己身後。黃蓉低聲道：『靖哥哥，襄陽城要緊，還是你

我的情愛要緊？是你身子要緊，還是我的身子要緊』？」
這時的黃蓉，已非當年淘氣小姑娘，而是大智大勇的郭夫
人了。然後金庸再補一筆，寫在窗外偷聽到夫妻對話的楊
過：「卻宛如轟天霹靂般驚心動魄。他決意相助郭靖，也
只是為他大仁大義所感，還是一死以報知己的想法，此時
突聽到『國事為重』四字，又記起郭靖日前在襄陽城外所
說『為國為民，俠之大者』、『鞠躬盡瘁，死而後已』那
幾句話，心胸間斗然開朗，眼見他夫妻倆相互情義深重，
然而臨到危難之際，處處以國為先，自己卻念念不忘父仇
私怨、念念不忘與小龍女兩人的情愛，幾時有一分想到國
家大事？有一分想到天下百姓的疾苦？相形之下，真是卑
鄙極了。」（第二十二回）。楊過的反應，深化了人物形
象塑造，也提升了郭靖黃蓉夫妻的情義高度。同樣地，
這段愛情令人感動，也是中國傳統情愛的動人處，就是
為人丈夫的郭靖郭大俠，在滾滾滔滔的八十回江湖故事與
戎馬干戈中，也以一生的真情真愛和俠義高風回報，不負
如來報盡紅顏，讓郭夫人也一樣完美了自己的人格與愛情
故事。

的確，由《射鵰英雄傳》過渡到《神鵰俠侶》的人物，以
黃蓉的變化最大最豐富，東邪、南帝、老頑童、丘處機、
柯鎮惡等，八十回故事的性格形象，變化不大，只有郭靖

黃蓉，特別是黃蓉，具有豐富而合理的形象發展。手法上，也有最多與她映照的人物，由「射鵰」的華箏、穆念慈、瑛姑、歐陽鋒、朱子柳，到「神鵰」的李莫愁、小龍女、楊過、郭芙、郭襄，甚至霍都……人物之間互相映襯對照，在黃蓉形象完成上，都產生了重大作用。金庸筆下的眾多女子，能這樣完整立體，多面多角度地描寫刻劃的，首推黃蓉。

郭靖黃蓉的愛情故事，在金庸小說中的另一獨特處是跨度非常大。兩人是《射鵰英雄傳》的男女主角，在《神鵰俠侶》中，也是僅次於楊過和小龍女的最重要角色，足足八十回的兩部長篇，不止郭靖由愚鈍小子，成長而為一代大俠；黃蓉也同樣是由少女到母親，完成了數十年的人生發展。由於篇幅長，時空跨度大，她與郭靖白頭到老的故事也最完整現實，成為立體而完整的人物形象。無論是令狐沖和任盈盈、張無忌和趙敏、楊過和小龍女、袁承志和溫青，在小說末段退隱，人物的故事也馬上完結，只留下飄然遠去的想像給讀者。因為郭靖黃蓉入世，故事在人間處處，最完整落實，一對好夫妻，為國為民，執手終老，少了童話式的留白，但更有真實感和感染力。

中國文學的才子佳人傳統，其實就是這種在茫茫塵世中，

看穿一切，直指兩人情愛的中心，找到自己一生的「唯一」。所以唐傳奇《虬髯客傳》中，虬髯客臨別中原，跟義妹紅拂鄭重地說：「非一妹不能識李郎，非李郎不能榮一妹」。這個「識」字，是中國文化一直的相信：一切情愛的悲喜甜苦、禍福榮辱之所在。紅拂在亂世中，看重落拓而卑微的李靖，千里投奔，託付終身於這位唐史上不敗的將軍，是中國千古女性中，慧眼識人的代表；千多年後，金庸筆下的黃蓉，同樣傳承展現了中國愛情故事中，女性最牽動男子生死不負的青眄，成就了郭大俠與郭夫人的完美愛情故事。

後　記

答應出版社寫一本金庸小說和中國文學關係的書，喜悅之餘，原以為不用太費力。我自少就喜歡讀金庸武俠小說，年青時已通讀不止一遍，對中國文學更加耳鬢廝磨了多年，兩件事放在一起，於我，是有一點把握和信心的。誰料，走進圖書館，才發覺原來有關討論和分析金庸武俠小說的著作，早已琳琅滿目，放滿了一大個近天花板的靠牆書架，香港、台灣、內地都有……「金學」云云，原來比聽聞中更加熱鬧蓬勃，而且當中也有專談金庸小說和中國文學的關係。

寫作期間要參閱的資料，遠比預期的多，但在書寫的過程，我知道自己正更多更新更深地發現金庸，這是有寫作經驗的人容易理解的感受。這種發現，實在也是一種重會、一種享受，我放下金庸小說多年，卻一下子像重會多年的好友。這段日子，香港社會和學校工作都滄桑磨人，我一邊感受、一邊難過；一邊思考、也一邊寫作。就這樣，歲月在肘畔悄悄流去；書，也在腕底默默完成了。

我是舊派人，不喜歡上網打機撥電話，而且一直懷緬著上世紀的五十年代。

我很喜歡，而又影響我進入中國文學世界的兩位前輩天才：唐滌生與金庸，都在上世紀五十年代留下了不朽的傑作——特別是一九五七年。這一年，唐滌生寫了《帝女花》，金庸亦開始寫連載的《射鵰英雄傳》，這兩部作品，在香港數十年來家喻戶曉，婦孺皆知，更重要是它們標誌和帶領香港文學藝術進入新的層次和高度。數十年來，想到他們，我像許多真正熱愛香港的香港人一樣，充滿驕傲、欣賞和感激。

過去十年，我寫了兩部關於唐滌生劇作的書，這次能夠為另一位由衷佩服的前輩——金庸——也寫一本，興奮難以名狀。疏陋無學，書中談的也只是供茶餘飯後的無聊哂唵，可是能夠完成和出版，算是圓滿了自己的寫作期許，也能夠向在我成長過程中，影響我價值觀深遠的金庸先生和他的作品致敬。為此，我深深感謝三聯書店和梁偉基兄的邀約。

但願讀者喜歡這本小書！

策劃編輯　　梁偉基

責任編輯　　輕　眉　許正旺　梁偉基

書籍設計　　依蝶蝶

書　　名　　金庸小說裏的中國文學（增訂版）

著　　者　　潘步釗

出　　版　　三聯書店（香港）有限公司

　　　　　　香港北角英皇道 499 號北角工業大廈 20 樓

　　　　　　Joint Publishing (H.K.) Co., Ltd.

　　　　　　20/F., North Point Industrial Building,

　　　　　　499 King's Road, North Point, Hong Kong

香港發行　　香港聯合書刊物流有限公司

　　　　　　香港新界荃灣德士古道 220-248 號 16 樓

印　　刷　　美雅印刷製本有限公司

　　　　　　香港九龍觀塘榮業街 6 號 4 樓 A 室

版　　次　　2020 年 6 月香港第一版第一次印刷

　　　　　　2022 年 1 月香港增訂版第一次印刷

規　　格　　32 開（130 mm × 190 mm）264 面

國際書號　　ISBN 978-962-04-4921-5